万珺○著

万珺讲翡翠收藏

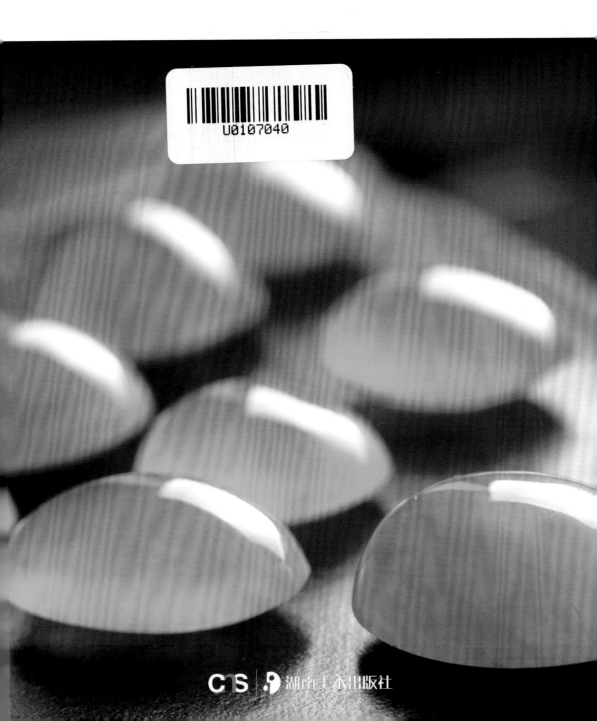

湖南美术出版社

图书在版编目（CIP）数据

万珺讲翡翠收藏／万珺著．—长沙：湖南美术出版社，
2010.6

ISBN 978-7-5356-3720-8

Ⅰ．①万…　Ⅱ．①万…　Ⅲ．①玉石—收藏　Ⅳ．① G894

中国版本图书馆 CIP 数据核字（2010）第 108730 号

万珺讲翡翠收藏

出 版 人：李小山
著　　者：万　珺
责任编辑：李　坚　杜作波
出版发行：湖南美术出版社
　　　　　（长沙市东二环一段 622 号）
经　　销：湖南省新华书店
封面设计：麟子工作室
版式设计：嘉伟文化
印　　刷：湖南嘉诚印刷有限公司
　　　　　（长沙市开福区捞刀河镇大明村自明路 8 号）
开　　本：710×1000　　1/16
印　　张：7.5
版　　次：2010 年 7 月第 1 版
　　　　　2013 年 3 月第 2 版第 5 次印刷
印　　数：12001—15000
书　　号：ISBN 978-7-5356-3720-8
定　　价：39.80 元

邮购联系：0731-84787105　　邮　编：410016
网　　址：www.arts-press.com
电子邮箱：market@arts-press.com
如有倒装、破损、少页等印装质量问题，请与印刷厂联系斟换。
联系电话：0731-84363767

再版序言

《万珺讲翡翠收藏》这本书是2009年开始构思动笔，2010年出版，到今天过去三年了。得到广大翠友们的厚爱，三年来这本书不停地重印。2013年编辑李坚先生又找到我，说出版社遇到这样好的书也挺难得（肯定是为了鼓励我），希望将这本书修改出版。他敦嘱我再挑选增加些最近两年代表翡翠收藏趋势的图片，并写个再版前言，讲讲最近几年翡翠收藏行情的最新变化，并对这本书做个简单的回顾。

还真是，这几年是翡翠市场变化最大的几年。2009、2010、2011年连续三年，翡翠价格急剧大幅度上涨，原因在于所有翡翠的来源——缅甸翡翠公盘拍卖价格大幅上涨，每次公盘总成交额由2005年左右的几亿元人民币，上升到2010、2011年的100亿、200亿，不停地刷新成交纪录。上一次几十万元没拍出去的翡翠原料，下一次公盘可能以一两百万成交。成品翡翠价格这三年中平均也上涨了两三倍左右。一时间，整个翡翠市场热闹非凡，大量新行家进入市场，新行家占到了整个市场的一半以上。市场上销售的翡翠良莠不齐，很多垃圾货趁机出笼。

从2011年10月开始，到2012年上半年，翡翠市场非常冷清，几乎是2003年"非典"之后最冷清的时候，前两年刚刚入行的新行家，很多已经感到了压力，又开始准备转其他行业了。

2009年我在这本书中就写到："大量以前不做这一行的人士进入翡翠销售的阵营……目前进行翡翠销售的门店有几千家。做好翡翠这一行必须要有精深的功底和眼光，这恰恰是现在很多商家所缺少的。"这一年当中，很多客人也离市观望，那一段时间我们听到最多的一句话就是："翡翠什么时候降价呀？"

2012年下半年翡翠市场有所好转，到2013年初，多数客人不再等待降价，开始购买，这时候经过前一段的沉淀，反而能够以正常的价格买到较好的翡翠，我认为这是购买翡翠的一个不错时机。

2009年我曾在这本书中写到："翡翠价格大涨，未来几年翡翠市场还会更加红火，此时收藏者很容易热血沸腾，认为只要买到翡翠就肯定能够升值，这就大错特错了。市场的火爆引来的往往是大量的垃圾货，看台湾80年代末的翡翠市场垃圾货满天飞，也就是国内市场未来三到五年的缩影，这时候买货反而要格外认真选择，升值幅度高的翡翠永远只是少数，而且这些翡翠也是市场不好时最抗跌的。"

今天看来如果当时的读者能够按照这个思路去收藏翡翠，这三年中会出手较早，买到价格相对便宜注重品质的翡翠，避免买到质次价高的垃圾货。希望我们的读者中有很多人当时能够受益。

未来翡翠市场的发展，迷雾重重。缅甸很多矿山封闭，翡翠原料公盘拍卖也不断推迟，何时恢复正常很难预测。目前高档翡翠原料来源很少，多数也是被缅甸货主切成一片一片，零星销售。未来翡翠价格的走势确实还不能看清，但我个人认为，翡翠价格在未来一段时间中下跌的空间并不大，现在正是买好货的时候。

在李坚先生的多年催促之下，我的下一本书《万珺讲翡翠购买》也将动笔，希望到时对您的购买收藏能够起到点指导作用。

翡翠的市场行情

◆ 翡翠过去的行情是如何变化的？对今天有没有什么启示？

◆ 五年来翡翠市场行情的变化如何？

◆ 近一两年的翡翠市场是什么样的？有哪些需要注意的问题？

◆ 翡翠价格上涨有没有泡沫？

1. 翡翠过去的行情是如何变化的？
对今天有没有什么启示？

翡翠虽然最早在周朝就有记载，在宋代的宫廷之中也藏有实物，但真正具有商业价值及市场，还是到了清代乾隆以后。乾隆以前，中国绝大多数人还不知翡翠为何物，在云南缅甸一带虽有人配戴翡翠，但价值不高，加工制作的人也很少，工艺粗糙简单，顶多也就是民间工艺品的水平。

乾隆是非常喜欢收藏的一个皇帝，在众多的收藏品中，乾隆对玉又是情有独钟。为了制作心爱的玉器，不惜代价从几千里之外的玉产地运送巨大的玉石进京，这才有了现在的国宝"大玉海"，"大禹治水"。由于新疆地区的叛乱，玉路阻断，和田玉不能运入北京，对玉的痴迷使乾隆多方寻找其他的玉石。这时翡翠开始进入了清代宫廷，宫中的治玉高手开始对翡翠进行研究和

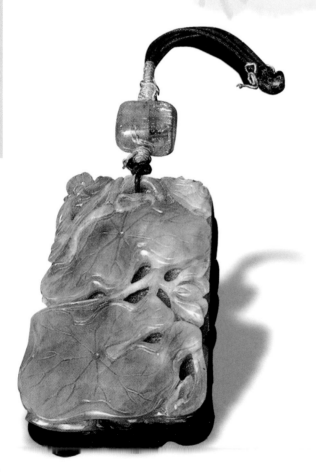

清代翡翠荷叶佩

老工翡翠雕荷叶、莲花，为清末江南工。

琢磨。在短短几十年中，上品翡翠的价格上升了百倍以上。纪晓岚在《阅微草堂笔记》中讲道："记余幼时，云南翠玉，当时不以玉视之，不过如蓝田乾黄，强名以玉耳，今则以为珍玩，价远出真玉上矣。"也就是说，在纪晓岚小时，翡翠仅是大量各种玉石中的一种，而在他晚年写这本笔记时，翡翠的价格已经高于和田玉了。乾隆朝是翡翠价格上涨的第一个高峰，上涨幅度在千倍以上。

　　乾隆后直到清末，高档翡翠一直是皇家及贵族大贾热衷拥有和显示身份的贵器，这一阶段皇帝、太后、皇后的墓中都有翡翠陪葬，但品质多为中等，原因是当时由于开采技术很低，纯人工开采使得产出非常有限，即使是进入宫廷的翡翠中，好的也很少。记载中提到过的清代有名的翡翠不多，据说慈禧墓中有一对翡翠手镯非常好，老坑种满绿，据传后来由孙殿英送给了宋美龄。还有就是荣禄的一个翡翠翎管，据形容是插在翎管中的羽毛"纤毫毕现"，翎管的厚度一般在3～4毫米左右，而里边的羽毛能够看得一清二楚，可知这件翎管一定是满绿玻璃种翡翠，既是玻璃种，颜色一定不会太深，也就是现在最为收藏家推崇的玻璃种艳绿翡翠，据说当时慈禧都颇为艳羡。在首都博物馆玉器馆展出的有荣禄的扳指、鼻烟壶，还有李莲英的鼻烟壶。

‖ 清代翡翠扳指 ‖

这件清代翡翠扳指是我1996年卖出的，通体翠色浓艳夺目，翠质剔透润泽。
尺寸：2.6cm×3.1cm。
当时售价99万，到现在应上千万。

‖ 清代翡翠龙钩改制的别针 ‖

翠色浓艳均匀，种份通透，水头足。
尺寸：4.4×1.8×0.6cm
1995 年我以 22 万元卖出。

民国时期，很多破落贵族卖出了家里祖传的翡翠，当时北京前门廊坊二条有很多专收翡翠的珠宝行，收了老翠后，有的直接卖给有钱的主顾，有的经过加工再卖到国外。镶在帽子上的翡翠"帽正"被改成翡翠戒面。宫廷妇女用于梳旗装头面的翡翠扁方被切成很多小片，出口日本后，被加工在和服的腰带上。很多珠宝行就此发了财，投入大量钱财到缅甸开采、购买原料。

1949年以后，珠宝消费市场逐渐消失，1956年公私合营，大批的工场、珠宝店合并，很多师傅回了老家。大陆内销的翡翠市场基本上减小为零，但对翡翠的挚爱在东南亚一带仍然延续着，很多东南亚、香港、台湾人到内地都要到文物商店、友谊商店买些翡翠带走。这些市场是不对国内人开放的，即使有钱也没有买的地方。

‖ 清代翡翠螭龙璧佩 ‖

此佩通体碧绿，润泽透明。取古意雕玉璧，上攀螭龙，缠绕荷叶莲蓬。

尺寸：直径5.0cm，厚1.0cm

1997年我以209万卖出，现价值数千万元。

　　到了1980年，由于东南亚、香港、台湾经济起飞，对翡翠的需求量一下子增大了很多，尤其是台湾对外开放，经济发展迅速，中国人骨子里对翠玉的爱使很多台湾人大量购买、收藏翡翠。但翡翠的来源是有限的，这种供求不平衡使翡翠的价格在一夜之间上涨了很多倍。即便如此，当时香港的很多工场仍然要夜以继日地赶工，常常是第二天一开门就卖光。香港很多做翡翠的商人发了大财，由小商贩变成了大老板。这一阶段就是翡翠价格大幅上涨的第二个高峰，价格上涨幅度也在千倍左右。这一阶段的主要特点是，散落民间的大量翡翠，包括很多珍品翡翠由国家收购，再统一由进出口公司转卖到香港、台湾。

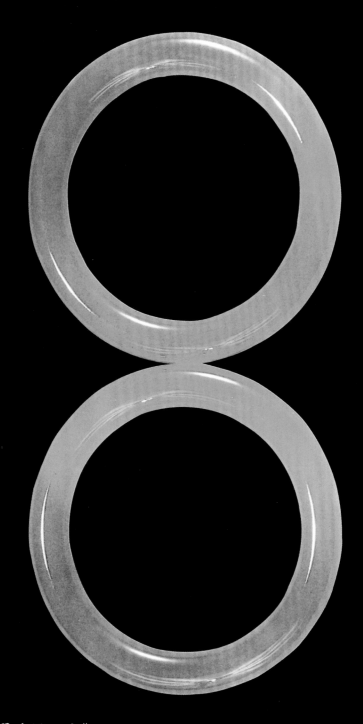

‖ 清代翡翠手镯一对 ‖

工圆口手镯，满绿，种水俱佳，殊为难得。

尺寸：直径7.6cm，厚1.04cm

1995年以49.5万元卖出，现在价值应在3000万元以上。

很多老行家说起20世纪60、70年代的王府井八面槽，都还记忆犹新，那是北京首饰进出口公司的一个翡翠收购点。每天早晨天不亮，就有很多人从外地赶来，挑着担子、背着包袱，等着门市部开门。开门后，就像专家坐诊，有专家给送来的这些翡翠估价、收购。卖出翡翠后，这些卖主非常高兴，拿到少则几块钱、几十块钱，多则几百上千元，要知道当时一套房子也就几百元不到，祖辈传下的翡翠往往能解后辈人的燃眉之急。

这些翡翠整理好之后，打好箱，在广交会期间，会有大量的香港珠宝商参观购买，说是买，跟抢差不多。早晨，广交会还没开门，珠宝商们就排在门口，只等门一打开，就争先恐后往里跑，跑在前头，就有机会先坐下来看货，后边的就得等着了。坐下后，整箱的货搬上来，要买必须整箱买，您说我挑几件喜欢的买，对不起不行，来晚了的还净有买不到的呢。当时很多香港的珠宝商因为购买北京首饰公司的翡翠，挣了大钱。

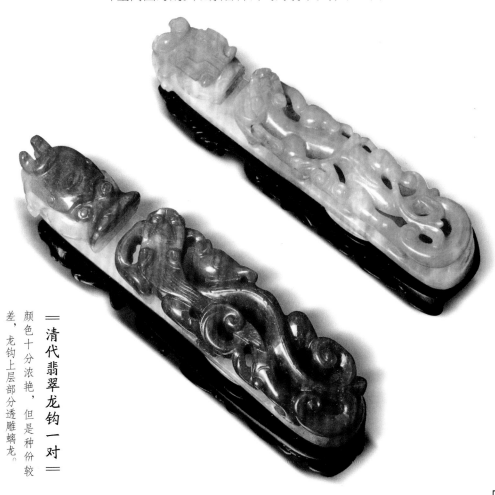

清代翡翠龙钩一对

颜色十分浓艳，但是种份较差，龙钩上层部分透雕螭龙。

‖ 清代翡翠荷叶佩 ‖

清代老工雕刻荷叶和莲花，种份很通透，但洁净度不高，整体透雕以去掉绺裂和杂质。

‖ 清代翡翠表杠 ‖

老种老绿翡翠，配以黄金镶嵌，非常精致，用以搭配怀表佩戴。

那么多好翡翠整箱整箱的出口，一方面确实给国家换来了大量的外汇，促进了当时的国家建设，但另一方面，那么多珍品翡翠外流，想起来也真是挺可惜的。而且翡翠这种收藏有些特殊，它还不像古董字画，赶上行情好的时候，几年中能在市场上出现两三次，翡翠是一经收藏，就很难再在市场上见到了。1995年我在嘉德拍卖做国内最早的珠宝专场拍卖时，到处收货也没有机会收到几件好的翡翠。那么多好东西，可能也很难有缘再见了。

2. 五年来翡翠市场行情的变化如何？

从2003年"非典"之后，翡翠的价格就不停气地一路上涨。平均算来，翡翠价格5年来上涨在5倍以上。但是翡翠价格的上涨并不均衡，不同的翡翠之间价格变化相差极大。

很多人都认为只要买翡翠肯定能升值，其实不尽然。如果您碰到翡翠就买，那您买的翡翠升值的可能性很小，因为翡翠中行活和垃圾货要占到八九成以上，这些翡翠不会升值，而只有买到收藏级翡翠，才有很高的投资价值和收藏回报。

低档翡翠价格上涨很少，像七八年前在旅游品市场常见的既没种也没色的翡翠花件，工艺粗糙，以及同样没种没色的翡翠手镯，成本也就在十来块钱，当时的零售价大概几百元，而现在也还是这个价格，成本没涨，售价也涨不了，因为出产量实在太大太大了，这些就是行家们所说的垃圾货。记得几年前，我见到的人们购买的翡翠还都是这些旅游产品，而近两三年，越来越多的人都已转向中高档翡翠，人们手上已收藏了不少好东西，而那些低档翡翠反而边缘化了。

除了垃圾货以外，大家可能接触最多的就是行活了，行活指那种不是特别具有艺术性、个性的产品，就好像有一套流水线，可以批量地不断重复和加工。这些翡翠充斥各个市场，售价可以是几千元，也可能高达百万元，但它们都是行活，没有很高的收藏价值，很难升值。这些行活至少有以下几种特点之一：一，种水不好，很多结晶颗粒很粗，透明度不够；二，颜色偏灰，偏暗，不够鲜艳明亮；三，由于原料瑕疵、绺裂过多，工匠为了以工艺遮盖翠料本身的毛病，雕刻的线条非常复杂，造型也由于原

翡翠颜色虽然很鲜艳，但种份不透，结晶颗粒粗大

翡翠种份还不错，但颜色偏暗

翡翠色种都好，但绺裂多，所以工艺复杂

料的限制，多为不规矩的异型，不够周正；四，过薄、过细的翡翠，不够饱满圆润；五，工艺粗糙的翡翠。凡是有这几个特征之一的翡翠基本上都是行活，有的虽然卖的价格很高，但同样也没有很好的升值潜力。

与之相反，收藏级翡翠的产量很小，它们都是精工细作，使原料本身的完美和精致的工艺完满地结合起来。既有价值几百万以上的顶级翡翠，也有零售价格在几千元至几万元的中档翡翠。

零售价格在几千元到几万元的中档翡翠将是翡翠市场的主流，这些翡翠已具有一定的观赏性和保留价值，接受的人最多。中等收入的人买一件一两万元的翡翠，天天佩戴，也觉得很值，非常有实力的人对有特色的几万元一件的小品，也爱不释手。这些翡翠产量比较有保障，造型丰富多彩，或有色或有种。如果是小件的翡翠则色种都不错。手镯则多为带些绿色、种水普通。此外还有黄翡（黄色翡翠）、紫罗兰（紫色翡翠）、三彩（一件翡翠上有黄、绿、白三种颜色）、春带彩（一件翡翠上有绿、紫两种颜色）的翡翠饰品，可选择性非常大。这些翡翠价格平均上涨在5倍左右，万瑞祥翡翠俱乐部以前卖四五千元一件的翡翠，现在售价都在万元以上。

正面

背面

‖ 黄翡俏雕荷叶 ‖

料体完整，白翠部分俏雕两只胖鱼在蜜黄色的荷叶茎间追逐嬉戏，鱼尾刻画极为细腻，栩栩如生，尽显灵动之感。

尺寸：4.9 cm×2.4 cm×0.8 cm

市场指导价：18500-20000元人民币

‖ 翡翠凤仪佩 ‖

质地细腻，造型大方，简约大气，雕工精湛，线条流畅，编织与流苏配石的搭配使项饰整体呈现民族风情，装饰效果佳，极具个性。

尺寸：5.3×3.8×0.5cm

成交价：2750元人民币

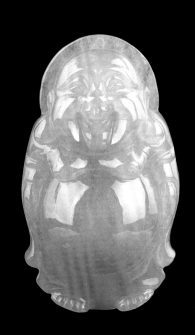

‖ 春带彩翠葫芦 ‖

紫色淡雅，翠色纯正。一块翡翠上同时出现绿、紫两种颜色较为难得。紫翠部分雕成一只貔貅，绿翠部分雕成葫芦。紫色代表寿，绿色代表福，寓意福寿双至，子孙绵延兴旺。

市场指导价：120000-160000元人民币

‖ 紫罗兰翡翠站佛 ‖

色泽纯正艳丽，玉质温润，精雕福佛，双耳垂肩，袒胸露乳，笑容满面，笑看风起云涌，有避邪保平安之意。

市场指导价：48000-49500元人民币

现在零售价在几十万元一件以上的高档收藏级翡翠，是价格上涨最多的。这些翡翠一般都是色种俱佳，多为绿色翡翠，也有一些白色玻璃种花件及手镯和上好的紫罗兰手镯。几年来这些翡翠的价格上涨5到10倍。记得2002年万瑞祥在北京燕莎友谊商城卖的一件翡翠福瓜，种水非常好，通体为均匀的绿色，形体饱满，工艺非常简素，说明料完美没有毛病，不用挖、剔、压绺、撺薄，当时卖价是4万元左右，如果到现在，价格应该在三十万左右。最极端的是白色玻璃种翡翠，在2001年我见到有一批白色玻璃种，共二十几件，有观音、佛，有花件，块体大，长有十几个厘米，够厚，光度非常好，种份达到顶级，当时的成本仅三千多元一件，我们还都认为不便宜，到现在呀，任何一件的成本都要在十几、二十万，算起来上涨了有50倍以上。

万瑞祥在2002年刚成立俱乐部时，曾卖过一条绿色翡翠珠链，这条珠链粒径很大，最大的有15毫米，整体大小相差不大，尤其难得的是颜色非常鲜艳，整体均匀。当时的卖价只有十五万元，三年后我们就给客人打电话，问能不能出二十万收回来，客人说珠链已经送人了，肯定拿不回来了。到了2007年，这条珠链的价格应该在百万以上。

我们从中可以看出，收藏翡翠关键是要选择未来升值幅度高的品种，同样的投资额，由于选货准确，多年之后上涨的幅度要远高于一般的翡翠。

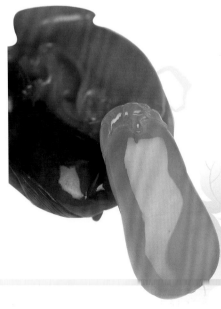

‖ 冰种翡翠葫芦 ‖

冰种翡翠葫芦，温润细腻，用料完整厚实，雕工简洁，葫芦寓意多子多福，家庭和睦。
市场指导价：这件翡翠2003年在北京燕莎友谊商城以5万元卖出，现在价值应在30万以上。

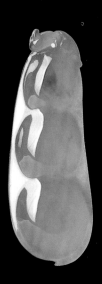

‖ 玻璃种翠福豆 ‖

玻璃翠福豆，色集浓、阳、正、和之美，翠绿欲滴，质地温润，种水极佳，福豆颗粒饱满，佩戴可保佑您官运亨通、四季发财。

尺寸：3.7 cm×1.5 cm×0.8 cm

市场指导价：420000—460000元人民币

‖ 玻璃种翠观音 ‖

种水通透，精雕翡翠观音，品相端正，衣衫线条流畅，姿态祥和。观音可保家人平安幸福。

尺寸：6.5 cm×3.9 cm×0.8 cm

市场指导价：250000—270000元人民币

‖ 翡翠福佛 ‖

福佛种质细腻，翠色温润均匀，阳而不晦，俏而不老。佛乃普度众生之神，素以降富贵、保平安而深受世人喜爱，佛公面带笑容，憨态可掬，仿若把福气洒向人间。

尺寸：3.7 cm×3.5 cm×1.2 cm

市场指导价：660000—700000 元人民币

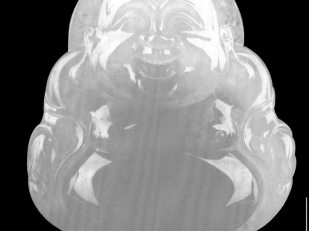

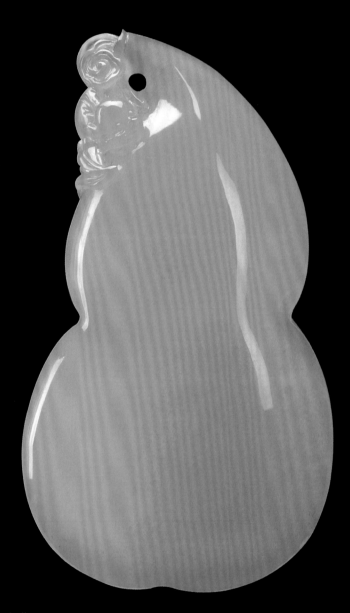

‖ 艳绿翡翠葫芦 ‖

种质细腻，翠色鲜阳均匀，用料完整硕大，雕工精细。

葫芦寓意福寿双全，子孙万代绵延兴旺。

尺寸：2.8 cm×2.2 cm×1.3 cm

万瑞祥翡翠俱乐部藏品

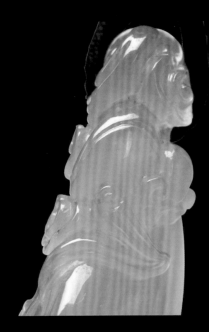

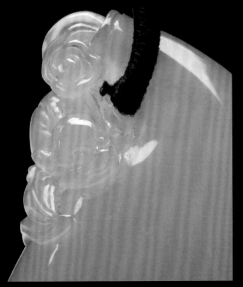

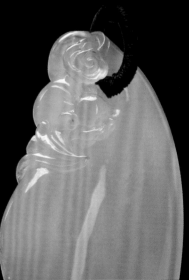

3. 近一两年的翡翠市场是什么样的？有哪些需要注意的问题？

总结2005-2008年的翡翠市场，不能不先说到翡翠原料拍卖。每年在缅甸首都仰光由政府组织的原料拍卖，业内惯称为"公盘"。以前，一次公盘拍卖的总成交额，大概是几千万人民币，而近几年每次公盘的总成交额不断升高，达到了2007年的二十亿，创下了历史的最高纪录。而行家们聊起来，却总是感叹现在的原料，没有前几年的精彩，真正的好料很少。好料少了，而拍卖总成交价却不断创新高，只说明了一个问题，原料的价格在一路攀升。

翡翠公盘展览现场

行家们聊起原料价格，都会说"我们现在很疯狂，以前看一百万的原料，现在没出到两百万，根本没有机会。"在2007年11月的缅甸公盘上，几个行家合伙买料，对一份料左思右想，有的行家认为最多七、八百万，再高就要赔钱了，有的认为不能超过六百万。由于原料拍卖是在完全不知别人竞投额的情况下竞标，行家只能一下投出自己能接受的最高额，而没有先低后高慢慢追加的机会。这几位行家要合伙买货，必须对所出的竞投额达成一致，因此争论不休，互不相让。投六百万还是八百万，如果挣了钱，一下就相差了两百万的利润，如果赔了钱，也是亏损相差两百万，确实很难下决心。到这份料拍卖时，大家一看竞投人很多，还有很多人不停地往上交竞投书，这时不再有争论，"填一千万吧，要不然我看没机会"，"一千万可能还不够吧，一千三吧"，

翡翠公盘：行家用强光手电在看料

"一千三，一千三"，大家很快达成一致。五、六天的看货时间始终无法达成一致，而在开盘的短短几分钟内，结果却有了很大的变化。

其实行家并不疯狂，因为原料暴涨是以成品翡翠上涨为基础的，市场告诉行家谁占有原料，谁占据主动。

这几年的翡翠市场还有一个有趣的现象是，行家出高价买回已卖出的翡翠。曾有行家2006年卖一批手镯到瑞丽，平均一只三万元，而到2007年这个行家追到瑞丽以五万元一只又把剩下的手镯全买了回去。2006年有行家以二十六万元卖出一对无色玻璃种翡翠手镯，2007年又想以五十万买回。

成品价格的上涨，原因来自买家的大量进场，2007年翡翠买家数量达到空前，单件购买金额由原来的几千元为主到现在的三五万元为主。已知2007年买卖的单件翡翠有千万元的，几百万元一件的翡翠成交数量不少。据说还有收藏家看好翡翠的升值前景，出资几个亿准备收藏翡翠。虽不知是否可信，但2007年翡翠市场的热度可见一斑。

市场如此火热，问题也会接踵而来。大量以前不是做这一行的人士进入翡翠销售的阵营，2001年万瑞祥收藏级翡翠初创之时，北京进行中高档翡翠销售的品牌不到5个，而经过2006、2007两年爆炸性增长，目前进行翡翠销售的门店有几千家。做好翡翠这一行必须要有精深的功底和眼光，这恰恰是现在很多商家所缺少的。这些商家动辄投资成百上千万，这些投资直接把翡翠原料市场炒热。所以现在大批行家并不缺钱，他们缺少的是对翡翠精到的了解和准确的把握。

商家的良莠不齐，引来了促销手段的五花八门。以打一折、打两折吸引客人已经屡见不鲜了，现在还有很多商家都说自己有加工厂，甚至有的还说自己有翡翠矿，希望客人因此会觉得自己比较有实力，货品都是第一手的来源，以打动客人购买。但这些并不都可信。其实，看一个商家有没有实力，看他所经营的货品的品质就行了，如果好货很多，肯定有实力。而一般来说，翡翠商家不会养工厂，都是根据不同的料去找不同师傅。其实收藏者购买翡翠，只要盯紧翡翠的品质，再看所出的价格是否物有所值就可以了，不要受其他的因素影响。有些人认为去产地买珠宝肯定便宜，其实也不尽然。

翡翠价格大涨，未来几年翡翠市场还会更加红火，此时收藏者很容易热血沸腾，认为只要买到翡翠就肯定能够升值，这就大错而特错了。市场的火爆引来的往往是大量的垃圾货，看台湾80年代末的翡翠市场垃圾货满天飞，也就是国内市场未来三到五年的缩影，这时候买货反而要格外认真选择，升值幅度高的翡翠永远只是少数，而且这些翡翠也是市场不好时最抗跌的。1997年亚洲金融危机时，翡翠跌幅在五成左右，而高档收藏级翡翠没有跌价，还在拍卖会上创出了新高。

出于名师设计的翡翠别针，也在拍卖会上拍出高价

‖ 冰种满绿翡翠葫芦 ‖

品相周正，种质细腻，温润且通透，娇艳的翠色从葫芦中慢慢飘起，弥漫全身，以白18K金镶钻镶嵌，下方以一颗红宝石做流苏，让佩戴者显得尤为清秀。寓意：福气满满，福气延绵

尺寸：2.6 cm×1.7 cm×0.8 cm

市场指导价：150000—180000元人民币

‖ 收藏级翡翠福豆 ‖

翠色均匀纯正，种质细腻温润，造型简素饱满，精雕貔貅伏于福豆之上，寓意五谷丰登，福寿安康。

尺寸：3.8 cm×1.8 cm×1.0 cm

市场指导价：1500000—1800000元人民币

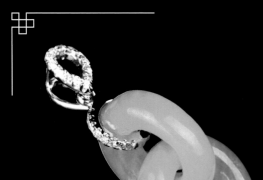

‖ 翡翠双环坠 ‖

翡翠质地细腻温润，种份通透，翠色鲜
阳均匀，雕两环相扣，工艺独巧，下
方配有18K白金及钻石镶嵌铜钱造型流
苏。寓意：心心相连，情意延绵。

双环尺寸：3.0 cm×1.5 cm×0.5 cm

市场指导价：40000-45000元人民币

‖ 收藏级翡翠竹节 ‖

绿色浓艳纯正均匀，质地细腻，油润光滑，雕工简
单大方，突出翡翠原质之美，竹节寓意节节高升。

尺寸：3.8 cm×2.0 cm×1.0 cm

市场指导价：3200000—3500000元人民币

‖ 在拍卖会上以8000万成交的翡翠项链 ‖

此珠链所有翡翠圆珠皆出自一块原料，每一粒圆珠的质地都十分通透，颜色鲜阳均匀，可称得上是珠链中的精品，如此大的珠串能够达到这种完美程度，十分的珍稀。

珠粒尺寸：5.2 cm×2.9 cm×0.7 cm

4. 翡翠价格上涨有没有泡沫?

为什么翡翠价格上涨如此之高?究竟是人为炒作,还是必然趋势?未来翡翠的价值发展如何?这是很多收藏家都非常关心的问题。

字画、古董这些门类的艺术品是有很多人专门买进就是为了升值后卖掉的。我认识很多这样的朋友,聊起来常常说,我前年买的什么,今年卖了多少,涨了多少钱。其实这些人并不是行家,行家以买卖为生是正常的,而存在大量的藏家(其数量远多于行家)低买高卖,这市场就肯定有泡沫存在。这也能解释为什

翡翠拍卖拓展现场

1996年的缅甸翡翠矿山

高绿翡翠原料

么2006年春季拍卖，当字画上涨过高，很多成交的作品都没有人提货，自此，字画的价格有了明显的回落。

翡翠的价格上涨和其他艺术品是有区别的，翡翠价格主要由供求关系和开采成本决定。

翡翠的需求几乎完全在华人世界，以前主要是香港、台湾，还有新加坡、印尼、日本、韩国等受汉文化影响的国家，近几年来，国内经济的崛起，使得中国成了翡翠最大的消费市场，尤其是北京、上海、云南、浙江成为了最高档翡翠的主市场。此外，越南、柬埔寨、泰国等国家也成为了中低档翡翠的新兴市场。这些市场的兴起，使得翡翠的需求呈几何数量级增长，而翡翠由于高档、低档价格悬殊，低档产出量巨大，恰恰能满足不同阶层的需要。

供不应求是价格上涨的直接原因。每年在仰光都有由政府举办的原料拍卖会，分别在3月、6月、10月举行，前往参加竞投的行家每次都在增加。公盘中，低档原料的供应还是非常充足的，而高档原料由于数量极少，每次都是行家们极力竞争的对象。低档翡翠常有很多份无人问津，即使成交，价格也往往只是底价，这表明竞争的人少，常常一份料只有一两个买家，而且买家的兴趣不大，竞投的决心不强，所出的价格也不高，成交率很低。而高档原料的成交价有时会达到底价的100倍。

在最近两年举办的翡翠公盘拍卖中，有一种非常突出的现象，行家看一百万的原料，往往出到两百万买还没有机会买到，最后可能要被别人以三百万的价格买走。这表明翡翠行家对翡翠零售

缅甸翡翠矿山

翡翠的机械化开采

价格的看涨是有基础的，并不是由几个人操控的价格炒作。

在2004年缅甸政府举办的翡翠公盘拍卖中，有一件事相当有意思：一块老帕敢翠料，是被切成了三四块的明料，在2004年3月缅甸公盘上标价18万欧元还无人问津，没有拍出去。到了6月的缅甸公盘上，政府又拿出这块料出售，让政府没想到的是仅仅时隔三个月，这块料竟以75.9万欧元成交，价格上涨了3倍多。

行家看涨的另一个原因是，现在的掠夺性开采方式使原本千年才能采尽的翡翠矿源，有可能在几十年内采光。

了解缅甸翡翠开采的人都知道，即使到了1995年，当地的翡翠开采依然十分原始。在万瑞祥翡翠俱乐部存有1995年翡翠开采的录像资料，那时完全靠人工开采。采玉人腰上系着绳子，嘴里咬着塑料管，腰上坠着石头跳入水里，靠手摸脚踩，找到一些翠料，用竹编的筐篓抱上岸来。采玉人的呼吸仅靠嘴里一根塑料管维系，一天下来采不到什么东西，还常常有溺水丧命的情况。而在1996年之后，开采翡翠的矿主们把河水截住、抽空，然后使用几台大型挖掘机，把河底掏个底朝天。最近几年更开始使用大量的炸药，将整个矿脉炸开。可以预计的是，在这十到二十年当中，高档翡翠会大量产出，而以后高档翡翠的来源将仅限于行家存料及偶尔出现的"暴涨料"，那时高档翡翠的价格将大幅上涨。

另一方面，开采成本在不停快速上涨。现在缅甸的矿主都要竞标购买矿区的开采权，一般每亩在几百万元，一块矿区动辄要付上亿元给政府，开采期仅为三年，三年后，即使没有多少收获，也要立刻收归政府，再转租别的矿主。而近年政府更是不愿仅以出租形式牟利，大量的矿地由政府和矿主合作经营，政府出地，矿主出资开采，所产出的翡翠由政府和矿主平分。这表明缅甸政府也看到了翡翠原料供不应求，价格还将进一步上涨的趋势，因此不光要租地挣钱，还要拥有原料了。

目前的开采已完全是大机械化生产，一个矿动辄动用几台、十几台大型挖掘机，当地人叫"怪手"，每天用的汽油、电力就不得了。有几个矿主朋友讲，2007年一年，仅买设备就花了4千万欧元，有的时候还要用炸药爆炸，一次爆炸仅炸药的费用就能达到百万欧元。

因此，需求量大增和开采成本上涨是翡翠涨价的原因，没有人为炒作。我们这十几年来接触了大量的翡翠买家，这些人中没有想买翡翠并短时间再卖出获利的，全部都是非常喜欢翡翠，又有很高的经济实力，购买翡翠后希望能够收藏、佩戴或传承后代。

2009年万瑞祥翡翠俱乐部举办第一届民间换宝大会时，我们给很多老会员去电，征集他们手上的翡翠，让我们也没想到的是，得到的答复是"我不想卖"。两千多会员，最后只收上来十几件想卖的翡翠，而其中绝大多数还是会员以前在别的地方买的。有一位拿来三件，越看越舍不得，最后把从万瑞祥买的那件又拿走了。从中也能看到好翡翠是多么受欢迎，人们不仅自己佩戴，还要把它们传给后代。

　　那么翡翠未来的价格发展趋势如何呢？相信翡翠价格也将会受中国经济走势的影响，当经济发展放缓时，翡翠价格会有所波动，但其中真正好的精品和有特色的精工小品永远不会跌价，这也就是人们所说的收藏级翡翠。

‖ 18K 金镶翡翠葫芦 ‖

玻璃种质地，玉质水润细腻，用料饱满，雕工简洁大方，葫芦又称"福禄"，寓意招财进宝、福寿双至，子孙绵延兴旺。
市场指导价：2500000—2800000 元人民币

‖ 冰种艳绿翡翠瓜 ‖

翠色均匀纯正，种质细腻，福瓜简单饱满，未过多雕琢而保留其原有形状，寓意子孙万代，绵延兴旺。
市场指导价：110000—130000元人民币

贰

翡翠的产出

◆ 翡翠溯源——翡翠在缅甸的历史
◆ 神奇的翡翠原料
◆ 翡翠是真的越来越少了吗？为什么就发现不了新矿源？
◆ 翡翠原料市场的变化如何？

1. 翡翠溯源——翡翠在缅甸的历史

关于翡翠在缅甸的历史，缅甸一位学者做了很详细的调查工作。他认为在缅甸，翡翠最早被发现和使用大概在2000年以前，最早使用翡翠的民族是骠族（Pyus）。那时的人们就能将翡翠、玛瑙、珊瑚、琥珀等几种宝石切割并磨成各种形状，镶嵌在银器和金器上，起到装饰的作用，或者将翡翠磨成圆珠，串成珠串佩

缅甸宝石博物馆馆藏壁画：准备礼品的缅甸古代国王和王后

缅甸宝石博物馆馆藏壁画：佩戴翡翠项链的缅甸古代妇女

戴。最早的翡翠雕件是翡翠大象，当时的工艺还非常原始，雕刻的大象相当抽象。

考古学家曾发现了这一时期的708颗珠子中有3颗是翡翠珠，这种质地的翡翠现在在当地还有产出。这几颗翡翠珠颗粒很大，抛光非常好，珠子上的孔打得也非常好，在硬度如此高的翡翠上能有这么好的做工，可见当时的工艺水平是非常高的。

缅甸虽然很早就有翡翠的出产和使用，但却一直不被重视，王室只将红宝石作为缅甸的国宝，国王送给别国的礼物也只有红宝石和金银饰品，没有翡翠。

大约到18、19世纪，仿佛突然之间，翡翠在缅甸变得非常贵重。据记载有一次国王送给中国皇帝的礼物是"100个金叶制成的包、100个银叶制成的包、两个镶红宝石的戒指、两个镶蓝宝石的戒指和60块翡翠"。缅甸国王还将一块重达30公斤的翡翠送给法国人，据说当时法国人对于呈献给他们的这种皇室玉石所具有的光滑而明亮的绿色十分惊叹。

缅甸文中"翡翠"这个词最早出现在15世纪，直到18世纪到19世纪，翡翠才开始在缅甸大量开采。为什么在缅甸发现千余年、记载几百年的翡翠，一直默默无闻，而突然一下成为缅甸的国宝？原因只有一个：中国清代乾隆朝间，中国人对翡翠由接触而了解到非常喜爱，中国皇家宫廷也给予翡翠极高的地位，称其为帝王玉。因此翡翠在中国兴盛起来，从宫廷到民间，所有的中国人都非常珍爱翡翠，不惜以重金购买。大量金钱源源不断涌入翡翠市场，最终使缅甸国王也认识到翡翠乃稀世珍宝也。

中国对翡翠的需求突然爆发，使得每年参与翡翠开采和

缅甸宝石博物馆馆藏壁画：翡翠加工过程

贸易的中国人和缅甸当地人大量增加。清代时，每年至少有上千个中国人和缅甸人在矿上开采，原料开采出后会运到云南买卖成交，这些翡翠原料中的大部分再被运往广东进行加工。

在翡翠开采中，缅甸国王得到了大量的税收，赚取了许多金钱，当时甚至打算通过声明翡翠是皇室玉石来控制翡翠开采的权利。

当中国爆发鸦片战争和太平天国起义之后，对翡翠的需求量明显减少，使得翡翠生产一度非常低迷。当时的缅甸国王还专门派出一名官员到云南去打听翡翠贸易下降的原因。

翡翠由不知名的玉石成为缅甸皇家珍宝，为政府带来了大量收入，为当地的平民提供了大量就业，使缅甸不仅因为红宝石，更因为翡翠而闻名世界。这一切都源于中国人对玉的挚爱，这种爱已达到了崇拜的境界，不惜付出高昂的金钱购买翡翠，甚至在开采和进行贸易时以生命进行冒险。根据阿玛拉普拉城中国寺庙中的名册记载，自从20世纪以来，有6000多名中国翡翠商人死于缅甸，他们每年都要被祭祀一次，这些人中的绝大多数是死于找寻翡翠。这个数字使缅甸人真切地体会到，中国人是多么深入的投身于翡翠之中。

‖ 白18K金镶翠葫芦 ‖

翠色均匀阳俏，质地细腻通透，水头十足，用料厚实，毫无瑕疵。配以白18K金镶钻的佩饰，简洁大方，造型美观，独特大方，寓意福气满满，子孙万代绵延兴旺。

市场指导价：760000—800000元人民币

‖ 翡翠平安扣 ‖

翠质光滑细腻，温润精良，有光泽，触体冰凉，配以18K金镶钻回形纹装饰扣，高贵典雅，明艳照人。

尺寸：3.4 cm×3.4 cm×0.5 cm

市场指导价：97000—100000元人民币/个

2. 神奇的翡翠原料

翡翠原料相当神奇，它有各种形状，各种外皮，各种大小，各种质地，各种颜色。

有的原料被切开很多片，内部的质地、颜色一览无余，这种料称为"明料"，风险较小。有的原料仅在一头切一个小盖，只能从切口处看原料的质地，仅能从外皮的表现推测内部的情况。有的原料则仅在身上磨上几个小"窗口"（或称"门子"），质地、内部的颜色走向则完全靠一些皮上的"表现"去推测，窗口有绿不见得内部就有绿。如果连"窗口"都没有一个，那这种"蒙头料"是连行家也不敢去碰的，偏偏有外行在别人的游说下勇敢出手，买下之后切开来里边没有颜色，投资成本顷刻间化为乌有。用老行家的话说这是"料不会骗人，但人会骗人"。

有的原料非常大，重达一吨以上，大到可做桌子、椅子。有的原料非常小，小到很多块料装在一个小塑料盒中。大料不见得值钱，可能质地粗糙，颜色浅淡，色脏裂多，只能做些低档大摆件或处理成B货翡翠，行家称之为"桩头料"，常常是一公斤几十块钱。小料不见得价低，火柴盒大小的一块料中如果能出一粒上好的戒面，那价值就在万元、十万元以上了，算下来一公斤要几百万元。翡翠原料很多，一次拍卖会上拍的原料有两千多份，上万块料堆放在院子里，但其中的好料非常少，带高绿颜色的首饰料也就有十几份，重量所占比例可能仅是万分之一。这就能解释有些朋友常问的问题："为什么都是A货翡翠，有的价值几十万、上百万，有的在市场、路边的摊位里才卖几块钱、几十块钱？"这也能解释"并不是所有的A货翡翠都具有收藏价值，仅有那些存量非常稀少，质量非常高的翡翠才有收藏价值。"

有的原料外皮为灰、黑色，很脏不好看，内部的质地也相当粗，但是这种不起眼的原料中如果有绿脉出现，绿色部分往往水分好，行语叫"龙到处有水"，那这块料的价值就相当可观。虽然仅是一条细脉，却能出很多颗戒面。

有的原料看起来非常漂亮，但做出的成品却非常普通。

翡料多集中于原料表皮或顺裂理深入，多为棕色、土黄色，颜色鲜艳的纯黄、纯红很少，种好的更少。

紫色多分布在原料内部，一团团一块块地分布，紫色地方往往种较差，结晶颗粒大。如果拿紫料和种色好的红翡料，紫色更多。

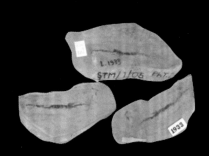

完全切开的明料

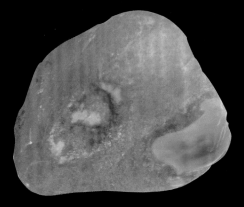

仅有两处擦口的原料

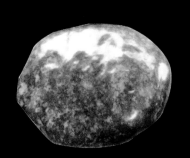

黄翡翠原料

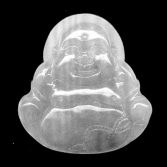

‖ 黄翡佛 ‖

种份细腻，颜色均匀，为翡中上品。雕工十
分精细，福佛开怀大笑，仿佛能容天下之事。

尺寸：2.9 cm×2.9 cm×0.3 cm

市场指导价：3500-4000 元人民币

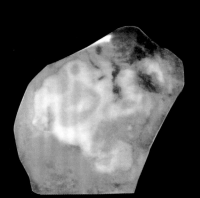

紫罗兰翡翠原料

‖ 紫罗兰翡翠观音 ‖

用料完整，种水细腻，纯正紫罗兰色，
巧雕观音，神态祥和，法相端正，盘
坐于莲花台上，仿佛想了却世人的一
切烦恼。

尺寸：5.0 cm×3.0 cm×1.0 cm

市场指导价：31000-33000 元人民币

墨翠的原料不多，块体也不大。墨翠是近年价格上涨最快的原料之一。数年以前，一个朋友曾花800块买了块墨翠原料，能出两、三只手镯，六、七件花牌，现在仅一个墨翠花牌卖价就在千元以上了。

白玻璃种翡翠外皮多是极细的白砂皮，虽然白玻璃种没有颜色，但买料者依然要赌石料内部是否多白点，质地是否如切口一样细腻。如果结晶颗粒变粗或是出现大面积白点，那这块玻璃种料的价值马上大为缩水。从1998年到现在玻璃种原料的价格上涨有20倍以上，成品价格的上涨还将继续。

翡翠原料变化莫测，常常使人一夜暴富或是一夜破产，这中间的故事太多了，没有永赚不赔的神话，只有当你输得起的时候，你才能去赢。

玻璃种翡翠原料，重达48公斤

‖ **玻璃种艳绿翡翠树叶坠** ‖

纯净翡翠树叶，色彩艳阳，质地细腻，莹润透明，玻璃种带鲜阳绿色的翡翠是现在存量最少的翡翠料型。雕工简洁，表明原料完美无瑕，跳跳叶脉清晰可见，佩戴在身，养眼润心，有较高的收藏价值。

尺寸：3.5cm×1.9cm×0.4cm

市场指导价：180000—200000

‖ **玻璃种站佛** ‖

种水通透，玻璃般的质地，佛公面目和善，双耳垂肩，以站立之姿微笑迎人。

市场指导价：33000-35000 元人民币

3. 翡翠是真的越来越少了吗？
为什么就发现不了新矿源？

翡翠的产地在任何一本介绍翡翠的书中都有介绍，产于缅甸北部一片很小的区域。至于别的国家、地区，也有三四个地方有翡翠产出，但那些翡翠只是矿物成分也是硬玉为主的岩石，却完全达不到宝石级，对我们的翡翠市场没有任何意义。

为什么翡翠的产出这么少？人人都说钻石稀有珍贵，但钻石还至少有十个国家出产，世界如此广阔，难道就再没有能出产翡翠的地方吗？

如果您要是了解了钻石、翡翠的产出原因，可能就会理解了。

钻石是在高温、高压下，由碳原子形成的。在地下几千米的金伯利岩石中，这里的温度、压力都非常高，在高温、高压下，碳原子按照最完美的结构排列，使得钻石成为自然界中硬度最大的矿物。了解了钻石的形成过程，您就可以看出来，只要地下达到一定的深度，就能有高温高压的环境，如果是超基性岩，并产出金伯利岩的话，那就有机会出产钻石了。

‖ **翡翠手镯** ‖

翡翠手镯，种质细腻温润，通透似冰，如少女般冰清玉洁。翠色鲜阳纯正，令人眼前一亮，久久难忘。佩戴可衬托出女性白皙无暇的肌肤。

圈口尺寸：6.0 cm

市场指导价：230000-350000 元人民币

翡翠产出条件和钻石可不一样，翡翠要高压低温，是在变质岩中产出。压力要非常高，才能有热液产出，而温度却不能高，这要求太难了。要想有很高的压力，就往地底下走，但温度肯定也要随着上升，只有高压没有高温的条件只有一种情况，那就是在板块碰撞结合带上，由于板块相互碰撞挤压，使压力非常大，而温度并不高。只有在这种高压低温中产出的变质岩中，还得是蛇纹石化的变质岩中，才有可能出产硬玉岩，这种硬玉岩还要经过数千万年的河水冲刷，把岩石中的杂质带走，才有可能形成翡翠这美丽的宝石。

目前，全世界确实再没有发现过其他能出产宝石级翡翠的矿区，这种美丽的玉石生来就是可遇不可求的。您能够碰到它、欣赏它，也要珍惜这缘分呀。

‖ **翡翠平安扣** ‖

翠色浓艳均匀，清脆明亮，形体饱满，娇美飘逸，佩戴在身，既美丽大方，又可辟邪保平安。

尺寸：3.4 cm×3.4 cm×0.5 cm

市场指导价：1600000—2200000元人民币/个

‖ **翡翠小猫项坠** ‖

由两颗翡翠戒面组成，种质细腻通透，翠色娇艳，主石厚实饱满，配以白18K金及钻石镶嵌，相映成趣，整体造型俏皮可爱，时尚大方。

椭圆蛋面尺寸：0.9 cm×0.7 cm×0.5 cm

水滴型尺寸：1.1 cm×0.6 cm×0.7 cm

市场指导价：25,000-30,000 元人民币

‖ 黄 18K 金镶红翡福在眼前 ‖

红翡福在眼前，色泽纯正艳阳，种质细腻干净，佩戴象征发财致富就在眼前。
尺寸：1.5 cm×1.2 cm×0.3 cm
市场指导价：3500－3900 元人民币 / 个

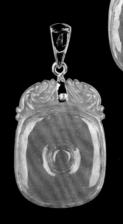

‖ 满绿翡翠福瓜 ‖

翠质温润，翠绿鲜艳均匀，质地温润，种水极佳，福瓜寓意子孙万代生生不息。
尺寸：3.5 cm×1.5 cm×0.9 cm
市场指导价：760000—800000 元人民币

‖ 18K 金镶翡翠如意 ‖

满绿高翠，质地温润通透灵秀，绿色娇艳，色泽均匀，品相饱满，雕工简洁，乃收藏佳作。
尺寸：2.2 cm×1.5 cm×0.8 cm
市场指导价：130000－145000 元人民币

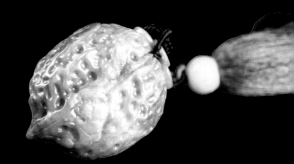

‖ 黄翡核桃把件 ‖

黄翡色泽均匀，用料完好，雕刻翡翠核桃，纹理清晰，核桃造型逼真，工艺精美，题材较少，是玩家竞相收藏的玩件。
尺寸：4.5 cm×3.5 cm×2.1 cm

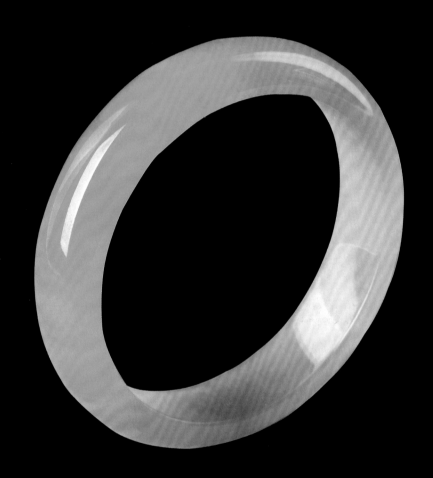

‖ 玻璃种翠手镯一对 ‖

玻璃种对镯，质地细腻，通透似冰，造型饱满，种水极佳。几点淡绿映于
手镯之中，寓意圣洁的爱情在纯净的大自然里成长，好运长伴，百年好合。

圈口尺寸：6.0 cm

市场指导价：9800000—10000000 元人民币 / 只

4. 翡翠原料市场的变化如何?

清代民国时期,翡翠原料都是一直向北,运到云南腾冲。当时云南是最主要的翡翠原料集散地,宫里太后、皇妃们用的翡翠,很多都是云南上贡的。据说"云南王"龙云家里有很多非常好的翡翠。我在90年代还见到过龙云的后

珠宝专家手绘的缅甸地图

人,看到几件家里留下的翡翠旧藏。因为当时所有原料都是运到云南,所以现在还有很多外行误以为云南出产翡翠,其实全世界只有缅甸北部一个地方出产能做首饰的翡翠。

20世纪60、70年代,缅甸政府开始组织原料公盘拍卖会,当时最大的买主是中国的国营珠宝厂家——北京首饰进出口公司,买进翡翠原料后加工再卖到香港、东南亚等地,北京首饰进出口公司连续多年获得缅甸政府颁发的"最佳买主奖"。

80年代开始,翡翠原料的最重要市场转移到了泰国清迈。当时清迈有几家非常有名的中介公司,客人可以到公司看货,有很多缅甸人拿着各种原料排队等着客人看货。当时最大的买主都是香港的翡翠商人,他们买下这些原料后,一般都运回香港的广东道进行加工。位于广东道的一条小街由于大量的翡翠商人云集而日见兴旺,致使那里的房价都暴涨,不管是香港、台湾还是缅甸的翡翠商都要在广东道设店面或办公室。

当时,中国国内改革开放,市场发展,很多翡翠原料被走私运到了云南,瑞丽成为了另一个重要的翡翠原料集散地。高档料多走清迈到香港,而中低档料多走云南,因此当时云南有大量低档翡翠原料加工、买卖,也使国内很多人误认为云南出产翡翠,其实翡翠只出产于缅甸。

原料很小，但能出一个好戒面，就能赚大钱

原料虽大，但能出好翠的很少

成交价为 5100098 美元的翡翠原石

这一阶段，缅甸很多老场口开采待尽，有意思的是，原本堆在场口边的废料，也逐渐成了宝物。最开始有人出钱按堆买走这些废料，矿主们还非常高兴，后来就变成按多少钱一吨卖，再之后就变成了按每一块给价，那些原本被认为一钱不值的废料，也被卖光了。

90年代后期，缅甸政府严厉控制翡翠原料走私，翡翠原料市场回到了缅甸国内，主要在瓦城（曼德勒）进行销售。记得我们在1996年到瓦城时，也有几家大型的翡翠公司，客人在公司看货，有很多缅甸人拿货来看。在街上、停车场也有很多缅甸人拿着翡翠原料，随时随地问你是否想买。记得当时同行的香港华润翡翠总经理王瑞民先生还跟我说，那些人拿翡翠给你看，千万别搭理，如果你一搭理，马上所有人都要围拢过来，那咱们想走都走不了了。没想到，仅仅两年之后，情况就已发生了很大变化。1998年，当时的中国地矿珠宝公司总经理袁朝就说，在瓦城买原料，主要买排队等着大卖家给看的货。卖家一般都先给看一些不好卖的垃圾货，几块看下来，如果你不给还价，对不起，下一位。所以为了看到后边的好料，即使是看不上眼的料，也要买下一两块，权当个见面礼吧。

21世纪，原料市场又有变化。缅甸政府出台更严厉的措施，规定所有翡翠原料买卖，一律在政府主办的原料拍卖会上进行，也叫"公盘"，一年三四次。瓦城的原料市场也迅速萎缩，要买翡翠原料，就只剩仰光公盘这一个途经了。

2005年以后，又有几家缅甸大中介公司在缅甸收集翡翠原料，在中国广东的平州举办拍卖会，国内的翡翠行家也都前往参加，但大家对卖家拦标反应很大。所谓卖家拦标，指的就是卖家也在拍卖会上对自己的原料出价，买家只有出价超过卖家的出价，才能有机会买到，而且卖家往往出价过高，使很多买家都无缘心仪的翠料。

　　2008年10月的仰光公盘，缅甸政府几乎没有拿出什么高档色料，拍卖的几乎全是中低档的桩头料，拍卖金额也是最近这一段时间最低的。据行家们分析，在经济不景气的大环境下，缅甸政府和矿主并不急于将手上的高档原料出手，这样能够保证高档翡翠的价格不会下跌。另一方面，也可看出，缅甸政府和矿主们之所以有惜售的心理，也确实是高档翡翠原料富存和产出真的是越来越少了，大家对未来的市场都是看涨。

‖ 白18K金镶翠戒指 ‖

翠质细腻通透，有光泽，配以白18K金镶嵌，更显俏丽与清新，浓艳的颜色让人浮想联翩，尽显与众不同的个性。

蛋面尺寸：1.6 cm×1.1 cm×0.8 cm

市场指导价：335000-375000元人民币

‖ 冰种颜色红翡戒指 ‖

红翡色泽艳丽均匀，戒面饱满光润，好种正色，鲜艳夺目，在翡的种类中相当少见。戒面完美度较高，无绺裂瑕疵，较有收藏价值，白18K金及钻石镶嵌，戒指臂精美华贵。寓意：福禄安康，吉祥富贵。

尺寸：1.0 cm×0.9 cm×0.4 cm

市场指导价：20000—25000元人民币

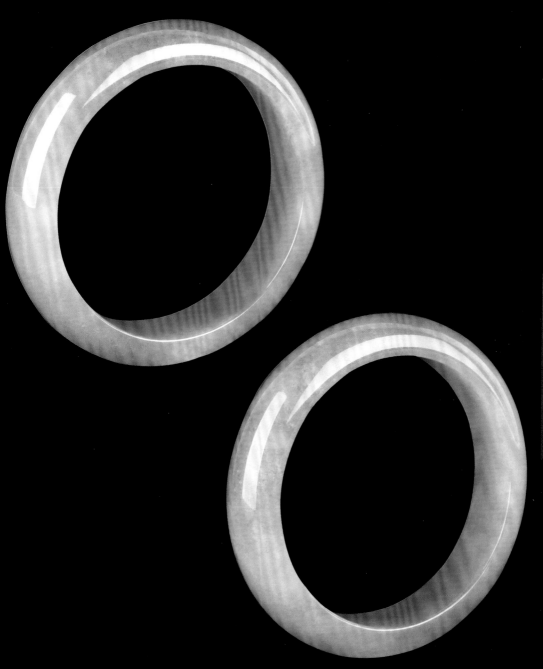

‖ 紫罗兰手镯 ‖

翠质细腻，无绺无裂，镯身圆润，用料厚实，佩戴在手腕上，可衬出
女性柔美的气质。且传统认为，戴上玉镯可保平安。

圈口尺寸：5.7 cm

市场指导价：940000—980000 元人民币 / 只

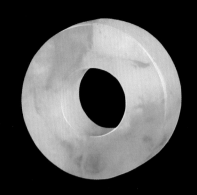

‖ 翡翠平安环 ‖

玉质细腻温润，有光泽，几缕艳绿飘逸其中，灵性十足，造型简单大方，寓意生活圆满平安。

尺寸：1.7 cm×1.7 cm×0.7 cm

市场指导价：31500—33500元人民币

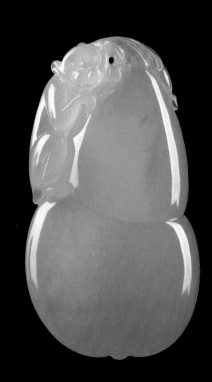

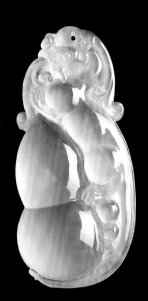

‖ 艳绿翡翠葫芦佩 ‖

绿色纯正鲜阳，种水通透，用料厚实。玻璃种带阳绿的翠料本就难得，如此硕大的翠料则更是极品。一只可爱的小猴趴在葫芦上，绿色最浓的部分雕做葫芦，浅色雕小猴、葫芦。寓意福寿安康、长命百岁。

尺寸：5.5 cm×3.3 cm×1.4 cm

市场指导价：1200000—1500000元人民币

‖ 玻璃种翡翠貔貅葫芦 ‖

种质细腻，翠色鲜阳均匀，用料完整硕大。雕工精细，葫芦寓意福寿双全，子孙万代绵延兴旺。

尺寸：4.4 cm×2.2 cm×0.8 cm

市场指导价：140000—165000元人民币

翡翠鉴定

◆ 翡翠的真真假假

◆ 最易失手是『B』货

◆ 学会看翡翠鉴定证书

◆ 翡翠仿冒品又出新花样

◆ 似是而非的鉴定方法

1. 翡翠的真真假假

很多喜爱翡翠的人说："我之所以不敢轻易出手，是因为害怕买到假货，这一行的水太深了，真的价值不菲，假的就一钱不值，如果买到了假货，金钱损失是一方面，心情也会非常懊恼"。

确实，翡翠中假货很多还名目繁多，假货中就分为B货、C货、B+C货还有D货。

B货是指翡翠经过强酸浸泡后，泡去了杂质，又经过充胶的翡翠。B货翡翠也叫"冲凉"翡翠，它的质地是假的。强酸浸泡之后的翡翠，脏的杂质被泡掉了，但同时翡翠的质地也被完全破坏了，没有玉的韧性，松软而充满空隙，为了在外表上看不出来，又在空隙中加入了透明的硅胶。所以B货翡翠看上去颜色都很漂亮，质地都很通透，但它的价格却很低，常常是同等外观A货翡翠的十分之一左右。很多人不小心买到B货的原因，就是B货往往看起来又好又便宜。但是B货翡翠经不住时间的考验，一般几年之后硅胶氧化，翡翠会变得面目全非。曾有个别珠宝界人士称，B货翡翠也是真货，只能说是经过了一些处理，如果消费者愿意购买是消费者的选择。但笔者不同意这种观点，因为B货翡翠是以低档的不够做首饰的原料，经过破坏性手段加工，用以冒充高档翡翠，而且绝大多数的购买者是在以为买到真货（A货）的情况下购买的，不能把这种专门用来冒充高档真货的B货翡翠也说成真货。珠宝的三要素是美丽、耐久、稀有，而B货翡翠不具备这三个要素，所以B货翡翠不是真货是假货。

C货是翡翠经过人工染色，在原本没有颜色的翡翠上人为地加上颜色，它的颜色是假的，也是假货。染色的方法有很多种，多数都是先将翡翠加热，使结晶颗粒之间的裂隙加大，再局部放到染料中，使颜色顺着裂隙进入翡翠，染上的颜色多为绿色、紫色、黄色、红色。

‖ **A货紫翠戒指** ‖

紫翠戒面造型饱满，种色绝佳，细腻纯净，娇艳欲滴，配以白18K金镶钻戒臂，款式古朴大方，又不失时尚感。

市场指导价：60000--80000元人民币

C货紫翠戒面

而B+C货就是既经过强酸浸泡、充胶，又经过人工染色的翡翠。

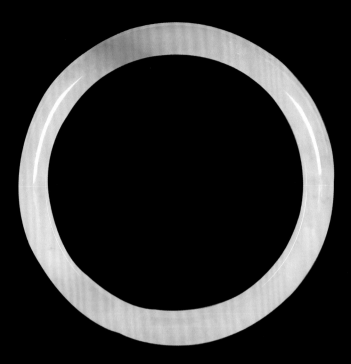

‖ A 货翡翠手镯 ‖

整体带有淡淡的草绿色，玉质温润，有一小段
艳绿浮于其中，色匀而阳，用料比较厚实。
圈口尺寸：5.7 cm
市场指导价：100000-120000元人民币

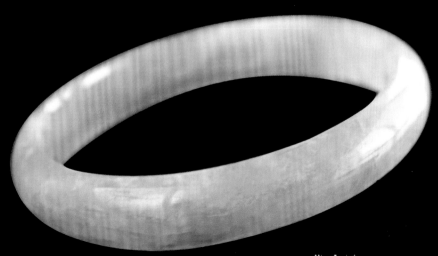

B+C 货手镯

在专业的珠宝鉴定所里，B货、C货和B+C货很容易被鉴定出来，而作为一般外行人有没有特别简单易行的鉴定方法呢？客观地说，鉴定B货、C货和B+C货翡翠需要多年的鉴别经验，作为外行来说没有一用就灵的绝招。曾有咨询者询问，用头发放在翡翠上烧是否能鉴别真假，据说这是在一个旅游点的珠宝店里学的。这种方法是不科学的，没有什么科学根据，用这种方法鉴定会使买翡翠的人遭受损失。

行家常用的简易鉴定方法是，看C货翡翠，在对着光看的情况下，仔细看翡翠颜色的分布，常能看出颜色是顺着裂隙分布的，这种颜色分布得不自然，外观很像毛细血管，看到这种情况就可以断定颜色不是天然存在于玉石之中的，而是从外边进入的。另外，染的颜色没有色根，常常是飘在翡翠的表面，颜色也"发死"、"发楞"，没有天然颜色的灵气。看B货翡翠，要在顺着光看的情况下，转动翡翠，找到能清晰看到翡翠表面反光的角度，仔细观察可以看见B货表面有很多凹坑和麻点，是表面的硅胶经风化磨蚀剥离后形成的。另外，B货翡翠的光泽与A货翡翠不同，A货翡翠结构致密，外表散发玻璃光泽；B货翡翠由于注胶，外表散发的是蜡状光泽。如果是翡翠手镯，用别的翡翠或硬币轻轻敲击，A货翡翠声音清脆悦耳，B货翡翠声音沉闷暗哑，这也是

‖ A货翡翠手串 ‖

14粒大小均匀的翠珠，粒粒饱满，颜色清脆明亮。亿万年形成的精灵系于腕上，情系于玉。

圈口尺寸：5.0 cm

市场指导价：185000-210000元人民币

一个简便易行的鉴别方法。

那什么是翡翠的D货呢？D货指材料本身不是翡翠而冒充翡翠。有的是玻璃，毫无价值，有的本身是有一定价值的玉或石英，由于翡翠的价值更高而仿冒翡翠，这些都称为翡翠的D货。

常见的仿制品有软玉中的碧玉，有蛇纹石类的钠岩石，有石英岩类的东陵石、澳洲玉、马来玉，有长石类的独山玉等等。

碧玉也是绿色的玉石，它属于软玉的一种。碧玉的颜色为暗绿色，常见均匀分布的黑点，基本没有浓艳的绿色。碧玉的结晶更为细腻，看不到结晶颗粒，没有翡翠中典型的翡翠的"翠性"，硬度小于翡翠。

钠岩玉颜色为单一的黄绿色，基本没有颜色变化，颜色浅淡均匀，硬度较低，易于磨损，比重低于翡翠，"手头"较轻，光泽为油质光泽，没有翠性。

东陵石颜色与翡翠较接近，但它的结晶结构与翡翠不同，翡翠是纤维交织结构，而东陵石是等粒状结构，绿色也多成点状分布，密度较低，为2.66g/cm³，远低于翡翠。

澳洲玉也称澳玉，是绿色玉髓，是隐晶质的石英。肉眼完全看不到晶体颗粒，颜色非常鲜嫩，但缺少翡翠的娇艳，密度为2.64g/cm³，远低于翡翠，没有翠性。

马来玉就是染色的石英岩，并不像它的名字所说的是产在马来西亚的一种玉石。它的颜色非常浓而均匀，模仿翡翠中的帝王绿色，但颜色分布非常均匀，颜色很假；它没有翠性，密度低于翡翠。

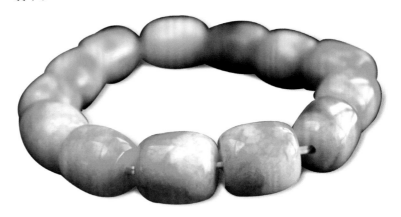

‖ 马来玉手串 ‖

颜色过于艳丽，在裂隙处有颜料沉淀，玉质结构松散，无结晶颗粒。

独山玉也叫南阳玉，绿色常带蓝绿色调，在滤色镜下绿色变成红色，表明独山玉的绿色不是由铬离子致色。独山玉的密度也低于翡翠。

　　翡翠和别的玉石的主要区别在于，翡翠的硬度和密度都高于一般玉石，行家说翡翠"钢味"足，"手头"沉。翡翠的翠性也是区别于其他玉石的一个重要特点，但种份非常好的翡翠由于结晶颗粒非常细小，也看不出翠性，这一点也要引起注意。

水沫子专用来仿冒玻璃种

‖ A 货白翠观音 ‖

种质细腻，玉料完整，观音雕工精细，手执净瓶，双目紧闭，盘坐于莲花宝座之上，似在思考帮天下苍生摆脱苦难的方法。

尺寸：4.6 cm×3.2 cm×0.6 cm

市场指导价：18000—21000 元人民币

2. 最易失手是"B"货

　　市场上最常见，也最易使消费者上当受骗的是"B货"翡翠。它是用强酸浸泡翡翠，并进行注胶，使原本极差的翡翠变得又干净又通透，但时间长了以后，可能又会恢复本来丑陋的面目。"B货"翡翠也叫"冲凉"翡翠。

　　"A货"翡翠越戴越润泽，其中的微量元素对人体也有很好的保健作用，所谓"人养玉、玉养人"。而"B货"翡翠，经强酸浸泡，又注有一定辐射性的硅胶，不可能起到"玉养人"的作用。而且随着时间的流逝，"B货"翡翠的玉质还会变得很差，达不到收藏保值的目的。

　　那么，为什么"B货"翡翠会经不起时间的考验而发生玉质变差的现象呢？这是因为"B货"翡翠在处理过程中受到了酸的腐蚀，虽然去掉了翡翠中的杂质，增加了透明度，但翡翠的结构会出现微细裂隙和空洞。所以，还要在高温、高压下将胶压入其裂隙和空洞中，这样才会"宛如高档的天然翡翠"。然而，随着时间的推移，充填入翡翠的胶会慢慢老化、脱落，翡翠于是变得痕迹斑斑，失去光彩。

‖ A货翡翠福豆 ‖

质细料润，洁白通透似玻璃，一抹绿色飘于第三颗福豆之中，显得格外灵性，整体外形简素饱满，福豆一般雕刻为三颗豆，寓意"连中三元"，其又称四季豆，寓意四季发财。

尺寸：3.6 cm×1.5 cm×0.7 cm

市场指导价：60000-75000 元人民币

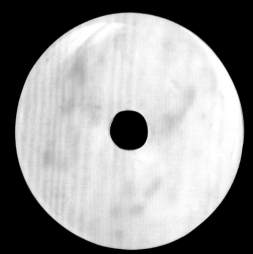

‖ B货平安扣 ‖

绿色不均匀、不自然，光泽度低，呈树脂光泽。

"B货"翡翠一般是用来模仿"A货"高档翡翠的，但两者不能相提并论。"B货"翡翠经过处理，其天然结构遭到破坏，变得疏散，降低了翡翠的质量，其价格应比同等质量的"A货"翡翠要便宜很多。所以选购翡翠时一定要识别出"A货"和"B货"。

‖ A货冰种翡翠树叶 ‖

市场指导价：27000—30000元人民币

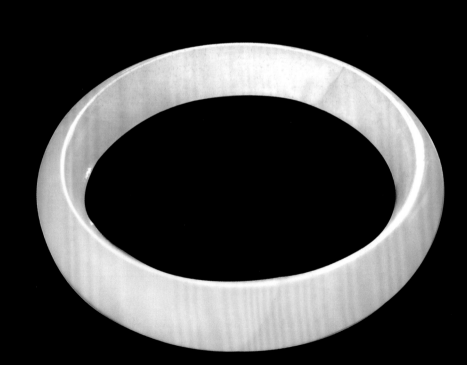

‖ B货翡翠手镯 ‖

光泽弱，呈蜡状光泽，绿色不均匀、无色根，裂纹处有染料沉淀。

"B货"翡翠通常有如下特点：

1、颜色较为鲜艳，绿色大多没有色根，色与地对比强烈，不自然；

2、光泽较弱，多呈树脂光泽和蜡状光泽，"A货"翡翠则是更亮的玻璃光泽；

3、结构较为松散，放大检查可见晶体颗粒被错开、位移，失去方向性；

4、用宝石放大镜可观察到表面有橘皮般凹坑麻点，称"橘皮效应"；

5、密度和折射率通常均相对低于"A货"翡翠；

6、若注胶，则在紫外线荧光灯下呈粉蓝色或黄绿色荧光；

7、轻轻敲击"B货"翡翠手镯，其声音发闷，而"A货"翡翠手镯的声音清脆悦耳。

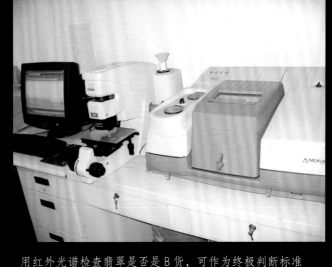

用红外光谱检查翡翠是否是 B 货，可作为终极判断标准

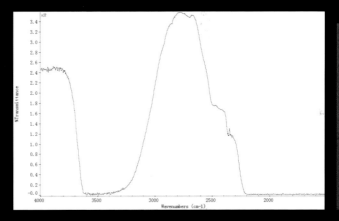

A 货翡翠的红外吸收光谱

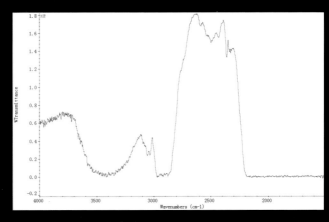

B 货翡翠的红外吸收光谱

3. 学会看翡翠鉴定证书

最有效鉴别真伪的办法是让销售商家出具国家承认机构的鉴定证书。国家权威机构的鉴定证书对翡翠鉴定的准确度相当高，应该说很少有"漏货"的时候，即使万一有了问题，也可追究补偿。

这里面要求的"技术含量"是——你怎么看懂鉴定证书上的各种结果呢?

如果是天然 A 货翡翠，国家权威机构出具的翡翠证书，在其鉴定结果一项，仅有"翡翠"这两个字，并不会标明"A 货"、"天然"等字样。

只有是天然 A 货，才会出具结果是"翡翠"的证书;

如果是B货翡翠，在证书的鉴定结果一项会标明"翡翠(处理)"、"翡翠(注胶)"、"翡翠(B货)"或"翡翠(优化)";

C 货翡翠，会标明"翡翠(染色)";

D货翡翠，在鉴定证书结果一项中，不会出现"翡翠"字样，是什么代用品，就标明这种代用品的名称——比如"人造玻

‖ 黄翡牛头佩 ‖

黄翡色泽浓艳柔和，种质细腻，雕工精细，充满灵性，惟妙惟肖，佩戴此佩可避邪保平安。
尺寸：4.5 cm×4.3 cm×2.5 cm
市场指导价：12000-15000 元人民币

‖ 翡翠树叶 ‖

整体细腻通透，翠色鲜阳温润，树叶外形圆润饱满，端正简洁，形象逼真，让人有投身大自然怀抱的感觉。
尺寸：4.1 cm×3.3 cm×1.3 cm
市场指导价：470000-490000 元人民币

璃"、"染色石英岩"、"岫玉"、"马来玉"等。

证书应该一一对应，即一件东西一张证书，而且证书上应该有该件货品的图片及重量。

虽然有些东西出自一块原料，外表看起来很相似，但翡翠饰品没有一模一样的。一件东西做了证书，并不能证明整批东西的质量——有的商家为了节约成本，只有一个作为样品的证书，照片上的货品与实物也很相似——这并不能断定他们所卖的这一批货品都是天然的，这是不符合国家规定的。

还应有一些翡翠的基本物理、化学、光学特征标明在证书上，如：

折射率：1.66(这是翡翠本身特有的与其他宝石不同的折射率)；

密度：3.33g/cm³(也是翡翠与其他宝石区分的特性)；

放大检测：纤维交织结构(这是翡翠特有的一种结构)；

吸收光谱：437nm 吸收线(是翡翠特有的吸收光谱)；

滤色镜检查：无反应(有些染色翡翠在滤色镜下会变成红色)；

光性：集合体(翡翠是微矿物集合体)；

荧光性：无(有些B货在注胶后会有荧光反应)；

外观特征：玻璃光泽(有些B货会呈现蜡状光泽)。

最后，要有检测人员的签字，最重要的一点是证书上要有钢印或防伪标志。

‖ 紫罗兰翡翠貔貅葫芦 ‖

种质细腻，紫罗兰色纯正均匀，精雕貔貅，伏于宝葫芦之上，寓意财源广进，子孙万代绵延兴旺。

尺寸：4.2 cm×2.6 cm×1.0 cm

市场指导价：50000-60000 元人民币

‖ 翡翠扳指 ‖

翠料晶莹剔透，造型厚实完美，俏雕荷叶，色泽浓艳，娇艳欲滴，好像刚刚经过雨水的冲洗，绿莹莹的让人不由怦然心动，叶面起伏不平，过渡柔和自然，逼真传神，佩戴上尽显高贵典雅的品位。

圈口尺寸：2.1 cm

市场指导价：12500-15000 元人民币

鉴定证书——正面

鉴定证书——背面

‖ 三彩翡翠金鱼戏水佩 ‖

种份细腻温润，用料独特，颜色兼有白、绿、黄三色，借用色彩俏雕金鱼和泡泡，活灵活现，可爱至极，底部雕有水花，边缘处配以精美纹饰；背部雕刻如意纹饰。寓意吉祥如意，连年有余。

尺寸：5.0 cm×3.3 cm×1.7 cm

市场指导价：5800-6200元人民币

在北京最权威的两家鉴定机构是原地矿部所属的国家珠宝玉石质量监督检验中心和原外经贸部所属的北京高德珠宝鉴定研究所。有一点需要提醒您，有很多商家出具的证书并非国家权威鉴定机构的，这样的证书在准确性和权威性上都可能打折扣。据中国宝玉石协会2004年第001号文件，在全国范围抽检的结果显示，至少有19家鉴定机构出具的证书中存在故意提高钻石品级、将石英岩鉴定为翡翠等问题，其中有的鉴定机构更有大量不合格检测。这些问题并不都是检测水平所限，而是为了某些利益人为虚饰，这更是消费者须特别注意的。

4. 翡翠仿冒品又出新花样

通常来说，翡翠真假可借助科学仪器得出客观的鉴定结果，很少出现其他收藏门类中"真假难辨"的情况。这也是许多收藏者都对翡翠青睐有加的重要原因。近年来，市场上的翡翠除传统的绿色品种以外，又增加了无色玻璃种、黄翡、紫罗兰、墨翠等非常受欢迎的新品类。但随之而来的新的作假方法也纷纷更新出笼。

目前市场上翡翠仿品出现新的花样，有些甚至到了仅仅依靠专家经验，用肉眼鉴别已经不能完全去伪存真的地步。

近几年，收藏者对于常见的翡翠B货、C货和D货（马来玉、澳玉、东陵石等），已经司空见惯，这里着重讲述几种最新出现的翡翠仿制品：

1、水钙铝榴石冒充黄翡

翡翠中的黄翡，颜色艳丽，价格适中，目前越来越受到人们的喜爱。图1就是一个用黄翡雕成的小猴。这件小猴左爪环抱于胸前，右爪挠头，一幅盛气凌人的模样，十分可爱。

图2中的小猴，左爪挠头，右爪放于身侧，也很可爱。但是，制作这个小猴的材质并不是黄翡，而是黄色的石榴石。石榴石的颜色有很多种，如红色、紫红色和黄色等，其中黄色石榴石中的一个品种——水钙铝榴石，即是市场上最新出现的用于仿冒翡翠的原料。

水钙铝榴石常以块状集合体形态生长，与翡翠相比较，水钙铝榴石的折射率（1.72）大于翡翠（1.66）；其密度（$3.47g/cm^3$）也大于翡翠（$3.33g/cm^3$）。从颜色上观察：黄翡颜色分布不均匀，有深有浅，比较自然，抛光后玻璃光泽较强；而水钙铝榴石的颜色深浅一致，分布较均匀。从透明度上观察：黄翡多为不透明，多数为半透明状；水钙铝榴石则多为透明状。

2、黄色石英岩冒充黄翡

另一种冒充黄翡的材质是石英岩，其化学成分为SiO_2，矿物成分为石英，半透明，颜色随所含杂质变化。与黄翡相比，石英岩折射率（1.54）小于黄翡（1.66）；其密度（$2.65g/cm^3$）比翡翠（$3.33g/cm^3$）低；石英岩具有粒状结构，而翡翠具有纤维交织结构。

以手串为例，图3中的黄翡手串珠粒颜色深浅不

‖ 黄翡小猴 ‖
（图1）

种质油润均匀，精雕小猴，生动可爱。

‖ 水钙铝榴石小猴 ‖ （图2）

‖ 黄翡手串 ‖（图3）

黄翡手串颗粒饱满，系于腕上，尽显佩戴者的清新脱俗。

一，比较自然，颗粒圆润、细腻，手掂有压手感。

图4中的石英岩质玉石手串，珠粒颜色较均一，放大观察能明显见到结晶矿物颗粒。手掂比翡翠略轻。玻璃光泽比翡翠的稍强。从价格方面看，石英岩质玉石手串的价位在十几元到几十元之间，最多在百元左右；而翡翠手串的价位普遍在几百元到几千元之间，好者在万元以上。

3、黑色软玉冒充墨翠

还有一种仿制品是软玉，它是由角闪石族矿物组成的特殊集合体，根据其颜色可以划分为白玉、青玉和碧玉等重要品种。其中，墨玉被用来仿制翡翠。

与翡翠相比较，墨玉的折射率（1.62）略低于翡翠（1.66）；密度（3.00g/cm³）也比翡翠（3.33g/cm³）略低；软玉无翠性，而翡翠有翠性。

同样以手串为例，图5中的是墨翠手串，珠子的颗粒比较细腻，经过抛光后光泽较强，在聚光手电照射下，可看到绿色；而图6中的是墨玉手串，颜色为黑绿色，珠子的颗粒略微粗，抛光后光泽无较大变化，在聚光手电照射下，颜色依然不改变。

专家说法：

水钙铝榴石、石英岩质玉石、墨玉（软玉）和翡翠四者总体比较，光泽从强到弱的关系依次为：水钙铝榴石＞石英岩质玉石＞翡翠＞墨玉。

比重从重到轻的关系依次为：水钙铝榴石＞石英岩质玉石＞翡翠＞墨玉。

不借助仪器，用肉眼很难将这四者进行区别。因此，建议大家在购买过程中一定要慎重，要到具有一定信誉度的商家处选购，并要求配以正规质检部门的鉴定证书，以防上当。

石英岩质玉石
（图 4）

‖ 墨翠手串 ‖（图 5）

色泽深邃，透光看边缘处呈墨绿色，神秘灵动。

‖ 墨翠手串 ‖（图 6）

5. 似是而非的鉴定方法

由于工作的关系，我接触到的翡翠爱好者非常多，前些年常常能接触到这样的爱好者：他们总是以懂行自居，说起一些翡翠的术语也头头是道，在朋友中间大家也相信他比较懂，谁买个翡翠还要叫上他去看一看，他手里总拿着个滤色镜，不管看到什么翡翠，他都要拿滤色镜看一下，然后告诉朋友，这个对，或这个不对。其实，这只是一个似是而非的鉴定方法。为什么呢？因为他没有明白用滤色镜鉴定的原理，不知道滤色镜只对某一种作伪方法有效，只有用有机染料染色的翡翠，在滤色镜下才显出红色，对用无机颜料染色的翡翠、B货翡翠或很多冒充翡翠的D货，在滤色镜下都不变色。

以前还经常听到各种似是而非的鉴定方法，有的人说，用翡翠划玻璃，能划出印的是真的，划不出的就是假的。这也是不懂翡翠都有什么作伪方法的原因。不能划动玻璃，仅对那些用玻璃仿冒翡翠的赝品，以及用碧玉、岫玉等蛇纹石类玉仿冒翡翠的赝品有效，因为这些玉的摩氏硬度较低，刻划不了玻璃。但对本身是翡翠，但是后天染上颜色的C货翡翠，和本身是翡翠，后天用强酸浸泡、注胶的B货翡翠，则无法鉴定出来。

还有这种常听到的方法：把头发放到翡翠上烧，把能否烧断作为判断的标准。这个方法就更是毫无道理了。这种方法从何而来不得而知，但肯定应该是利用导热率不同的原理，但同样不能作为鉴定翡翠的有效方法，因为仅靠导热率的不同，还远远不能将真翡翠与各种赝品区别开。

在紫外灯下观察翡翠的荧光

用折射仪测翡翠的折射率

用显微镜观察翡翠内部结构

了。现在比较常见到这样的景象，在翡翠店里，不管是商家还是客人，在看翡翠手镯时，都爱用两只翡翠手镯互相敲击，听声音来判断翡翠的真伪。在有些旅游点还能见到商家以此作为推销的手段，商家一手拿翡翠手镯，有时还用一根小绳吊着，一手用另一只手镯或者是玛瑙柱敲击，意思是告诉客人，我的翡翠是真的。以听敲击的声音来鉴定，其实也只是对B货翡翠有效，如果仅是染色的C货翡翠，则敲击的声音也和A货翡翠相同。所以，敲击也不能作为鉴定翡翠的最终方法，而且，当您选购的是高档翡翠手镯时，用敲击的方法也比较为商家所忌讳，因为经常敲击会伤害翡翠。另外，商家也会看出您很少买高档货，这些都会对您买货不利。

‖ **翡翠手镯** ‖

满绿翠手镯，种质细腻温润，翠色鲜阳，成丝状分布，点睛之笔在于那几抹艳绿，使整只手镯更显夺目。

圈口尺寸：5.5 cm

市场指导价：俱乐部藏品

‖ 冰种白翠佛手 ‖

种佳地细，白翠佛手质地通透，雕工精美，镂雕手法在佛手上雕出两个活动吊环，造型生动逼真，佛手取其谐音"福寿"。

尺寸：5.0 cm×2.0 cm×1.8 cm

市场指导价：11000-13000元人民币

‖ 红翡祥龙吐珠佩 ‖

翡色艳丽明亮，种份细致，上方雕刻祥龙回首吐珠，下方素面简洁大方，寓意祥龙献瑞、万事顺心。

尺寸：3.9 cm×1.3 cm×0.5 cm

市场指导价：9700-10000元人民币

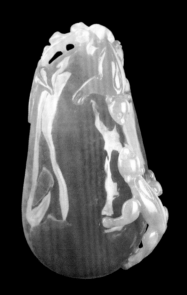

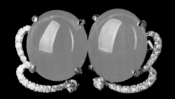

‖ 白18K金镶翠耳钉 ‖

精心打磨的正、阳、绿椭圆形戒面，精心镶嵌成一对精美别致的耳钉，玉质晶莹剔透，光洁迷人。搭配18K金镶钻佩戴高贵典雅。

蛋面尺寸：1.0 cm×0.8 cm×0.4 cm

市场指导价：28000-30000元人民币

‖ 黄翡貔貅福瓜佩 ‖

精心巧雕一只硕大的福寿瓜，藤蔓缠绕，形态逼真，其侧雕着两只栩栩如生的小灵兽，白翡俏雕的叶子更让整个作品增色不少。整体打磨的均匀细腻，一丝不苟，造型精致可爱，随身佩戴更彰显高贵风范。

尺寸：4.5 cm×2.7 cm×1.9 cm

市场指导价：25000-28000元人民币

‖ 翡翠珠链 ‖

颜色为淡雅的绿，均匀且鲜艳，珠链由59粒大而饱满的珠粒组成，质地细腻。难得之处在于珠链颗颗质佳色美，整体感均匀。

珠粒尺寸：0.7 cm-1.0 cm

市场指导价：470000-500000元人民币

翡翠鉴赏

◆ 翡翠因色定价

◆ 翡翠的种重要吗？

◆ 细说翡翠种份之玻璃种、冰种

◆ 翡翠的形状至关重要

◆ 怎样看待翡翠的工艺

◆ 行家怎样鉴赏一件翡翠

1. 翡翠因色定价

翡翠以丰富多彩的颜色构成了绚丽的世界。而收藏者面对各种颜色的翡翠时，却往往不知所措，有时还会被绚烂的表象所迷惑，做出错误的判断。那么如何在绚烂中把握价值标尺，对翡翠做出准确的评估呢？

翡翠的颜色有很多，包括绿色、紫色、红色、黄色、灰色、黑色、白色等等。在这些颜色当中，最有价值的是绿色，其次是紫色，然后是红色和黄色。翡翠中的灰色是完全没有价值的，只要灰色进入到翡翠颜色当中，就会产生"脏"的感觉，减低翡翠的价值，如果绿色、紫色、黄色的翡翠带有灰色，翡翠的价值一定会减少。

下面让我们分别看看不同颜色对翡翠价值的影响，到底怎样的颜色是更有价值的。

白色：玻璃种要够白，够纯。

以前，白色本身没有什么价值，但近年来随着玻璃种翡翠的兴起，白色玻璃种翡翠的价值获得了认可。

对于白色的玻璃种而言，衡量其颜色价值的标准就是够不够纯正，够不够白——越纯正、越白就越有价值，偏黄色调的、蓝色调的白色玻璃种翡翠，价值都不如纯白的玻璃种。

玻璃种翡翠带有阳绿色，其价值高于纯白玻璃种。很多人会把白色冰种或者白色玻璃种当中的"飘蓝花"误认为是绿色——只要仔细观察就可以发现，这些飘着的颜色是墨绿色，有些商家会说是玻璃种带绿色，实际上是属于"飘蓝花"。"飘蓝花"的玻璃种翡翠其价值要略低于干净的纯白玻璃种翡翠。

‖ 纯白玻璃种翠关公佩 ‖

质地细腻，非常干净，是洁白、完整的顶级玻璃种。所雕关公气宇轩昂，一脸正气。
尺寸：5.1 cm×4.5 cm×0.4 cm
市场指导价：120000—140000元人民币

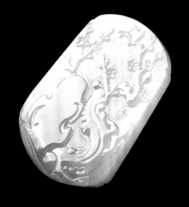
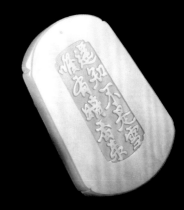

‖ 三彩翡翠梅花五福佩 ‖

质地细腻温润，较为通透，紫罗兰色浓郁，白翠干净无瑕，翠色清新淡雅，用料完整厚实，正面雕刻山石林立，梅花朴实无华，几点翠色映衬其中。背面刻有"遥知不是雪，唯有暗香来"，梅花五瓣代表福、禄、寿、喜、财五福。寓意：五福尽享。

尺寸：5.9 cm×4.0 cm×0.8 cm

市场指导价：390000-400000元人民币

‖ 玻璃种偏蓝翠佛 ‖

种水俱佳，色泽均匀，福佛头顶光环，法相祥和，内部丝丝绿色带出灵性，有佛相伴，可保平安幸福。

尺寸：1.9 cm×1.9 cm×0.7 cm

市场指导价：19000-21000元人民币

‖ 玻璃种偏黄翠葫芦 ‖

玻璃种白翠葫芦，质地细腻通透，水头十足，用料厚实，形状饱满圆润，配以白18K金简洁的坠扣，造型美观，独特大方，寓意福气满满，子孙万代绵延兴旺。

尺寸：1.9 cm×1.5 cm×0.7 cm

市场指导价：13000-15000元人民币

黑色：种要好

黑色的翡翠称为"墨翠"。墨翠以前不被认可，但是，随着台湾地区对于墨翠的喜爱，它的市场价值被发掘出来。墨翠看起来是黑色，但对着光源观察，其实是深绿色。以水头好，颜色浓正为上品。在墨翠爱好者看来，墨翠颜色深沉，有煞气，有驱邪避凶等寓意，因此有着不少讲究和说法，但是，墨翠目前不是市场主流品种。

‖ 墨翠熊猫 ‖

翠色温润，水头足，构思极其巧妙，黑色墨翠俏雕大小两只熊猫，憨态可掬，绿色翡翠雕成片片竹叶，整体构成熊猫吃竹叶的情景，是市场上不可多得的翡翠精品。

尺寸：4.2 cm×3.8 cm×1.5 cm

市场指导价：310000-350000元人民币

黄色：要通透浓艳

黄色表现在翡翠上有时候是优点，有时候是缺点，需要不同情况具体分析。

一般来说，只有在种份通透，质地细腻，黄色很浓艳、漂亮的情况下，黄色才会成为翡翠的优点。这些黄色常常被利用进行巧雕，为翡翠增色不少。而颜色暗淡、水头不好的黄色则往往是翡翠的缺点，用行里面的话说就是"显脏"。例如，一只翡翠手镯，如果出现黄点、黄斑，那么对于手镯的价值就会产生负面的影响；但另一方面，这种现象对于鉴定却有帮助——收藏者可以凭借黄点与黄斑的特征，断定翡翠为A货。"B货"翡翠中的黄点、黄斑都会在处理过程中被洗掉。而如果一个手镯同时带有绿、黄、白三种颜色，又被称为"福禄寿"，这要比只有绿色的翡翠更有价值。

‖ 黄翡观音 ‖

种质细腻，黄翡颜色均匀，观音法相端庄，闭目沉思，盘坐于莲花宝座之上，仿若正在思考如何把福气洒向人间。

尺寸：4.7 cm×2.5 cm×0.6 cm

市场指导价：6500—7000元人民币

红色：要通透，不要"烧红"

翡翠中的红色要比黄色的价值高，其产出数量少于黄色。从感官看，红色比黄色更为浓艳，更漂亮。但不是所有的红色都有很高的价值，只有那些种好通透的红色翡翠比较难得，价值较高，这些红翡做成红的戒面、花件、平安扣等等，都是难得的好东西，也具有较好的升值空间。不过，红翡的收藏有一个问题，那就是在市场上经常可以见到一种"烧红"的翡翠，这些红翡是后天经过人工加热处理，烧成红色的，这样的红翡没有收藏价值。"烧红"的红翡外表常形成一层均匀的红色，像糊连在翡翠的外表，不自然，不美，也缺乏灵气，商家往往不承认是"烧红"的，收藏者购买时一定要小心，可请有经验的专家把关。

‖ **镂雕红翡渔翁** ‖

精雕黄翡渔翁，翡翠靓丽油润有光泽，雕工极其精细，鱼篓的纹路清晰可见，精雕黄翡金鱼，肥美喜人，无论是自己收藏还是馈赠亲友都为上等佳品。

尺寸：7.0 cm×4.4 cm×2.0 cm

市场指导价：53000-55000元人民币

紫色：要细腻，要浓艳

紫色又称"紫罗兰"，或称为"春"。既有绿色，又有紫色的翡翠称之为"春带彩"。有黄、绿、紫、白四色的翡翠，又称之为"福禄寿喜"。

严格来说，紫色翡翠的出产量并不算特别少，比红翡要多，其块体更大，种份以藕粉地居多，通常结晶颗粒较粗，透明度较低。紫罗兰中真正名贵的还是其中的优质品种。

目前紫色的翡翠两极分化严重，种份细腻、色彩浓艳的紫色翡翠价格上升得很厉害，和一般的颜色浅、暗，质地粗糙的紫色翡翠形成鲜明的对照，而且两者的差距日趋增大。起初好的紫罗兰手镯不过几万元，现在已经涨到了40到50万元，而同样颜色浅淡、质地一般的紫罗兰手镯，现在市场价格也不过1到2万元。

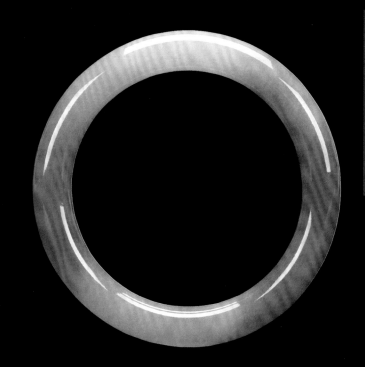

较浅的紫罗兰色云龙配 ‖

质独特自然，色泽鲜净，紫罗兰色中带淡淡的翠色，顶部和侧面俏雕传统云龙，古朴典雅，充满韵味。

寸：5.0 cm×2.1 cm×1.3 cm

场指导价：17000-20000元人民币

‖ **浓艳的紫罗兰色手镯，升值极高** ‖

翠质细腻，无绺无裂，圆条口镯身圆润，用料厚实，佩戴在手腕上，可衬出女性柔美的气质。且传统认为，戴上玉镯可保平安。

圈口尺寸：5.6 cm

市场指导价：万瑞祥翡翠俱乐部藏品

绿色：饱和、浓艳，不偏不邪

绿色是翡翠中最有价值的颜色，这一点为很多收藏者所认识。但是如果完全没有种份，即使是满绿，翡翠的价值仍然不高。例如缅甸公盘的一块满绿的"铁龙生"原料，底价才8万元，但仍无人问津。即使是绿色，也要细腻、通透，才有灵性，才会美。

关于翡翠的绿色，说法很多，像葱心绿、秧苗绿、菠菜绿等等，其实这些说法并不重要。看绿色，要看其中有没有带有灰色和黑色的色调，如果带了灰色的色调，绿色就会"显脏"，如果带了黑色的色调，颜色就会变暗，灰、黑色调的进入会使得绿色翡翠色偏、色"邪"。还有就是绿色中带有白色调，其结果就是使得翡翠的绿色被冲淡，颜色变浅，饱和度降低了，价值也降低了。

还有两种情况，那就是绿色偏黄或者偏蓝。偏黄为黄杨绿、苹果绿色，偏蓝则是祖母绿色，既不偏蓝也不偏黄是翠绿色。一般来说，绿色中略有一些偏蓝或者偏黄是可以接受的，不太影响价值。绿色的价值体现在颜色的饱和度和浓艳程度上。

‖ 浅苹果绿色翠叶 ‖

翠色纯正均匀，造型饱满，树叶又与"事业"谐音，寓意事业发达旺盛，步步高升。
尺寸：3.2 cm×2.0 cm×0.7 cm
市场指导价：68000—70000元人民币

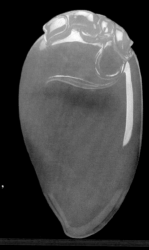

‖ 翠绿色翡翠寿桃 ‖

满绿翡翠寿桃，浓而艳的翠绿色，均匀纯正，种质细腻，光洁亮泽，雕工简洁大方。寿桃寓意长命百岁。
尺寸：4.5 cm×2.5 cm×0.6 cm
市场指导价：900000—1100000元人民币

‖ 祖母绿色翠福豆 ‖

玻璃翠福豆，色集浓、阳、正、和之美，翠绿欲滴，质地温润，种水极佳，福豆颗粒饱满，佩戴可保佑您官运亨通、四季发财。

尺寸：4.2 cm×1.3 cm×0.8 cm

3.7 cm×1.5 cm×0.8 cm

市场指导价：540000—600000（左）元人民币

400000—450000（右）元人民币

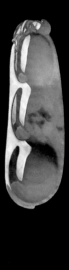
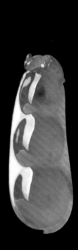

‖ 艳苹果绿色的翡翠佛 ‖

翠质细腻，种水通透，绿色为均匀纯正的苹果绿。精雕福佛，法相端正。佛可护体保平安。

尺寸：4.0 cm×4.0 cm×1.0 cm

市场指导价：900000—1200000元人民币

总而言之，对于翡翠所有的颜色来说，越鲜艳、越均匀，其价值就越高，这也符合大众的基本审美心理。

　　常见到一些翡翠上面不止一种颜色，而是有很多种颜色，商家的说法是，翡翠颜色越多就越难得，也就越有收藏价值。当一块翡翠上面有多种颜色的时候，应该用什么样的原则进行评估？其实不能简单说，翡翠上面的颜色越多越值钱。如果颜色浅淡、杂乱无章，没有被很好地利用，则价值不高。所以还要结合得好，才可能是颜色越多越难得。万瑞祥翡翠俱乐部曾经有一块五种颜色同时存在的翡翠雕件，这些颜色种份都很好，而且被工匠巧妙地利用进行巧雕，如绿色雕成荷叶，白色雕成仙鹤，两点小小的黑色被雕成仙鹤的眼睛，丰富的颜色为翡翠增色不少。

‖ 翡翠花开富贵摆件 ‖

此摆件质地细腻，种水通透，选用天然老坑冰底料精雕而成。雕刻细致，圆滑细腻。俏色运用巧妙，工艺十分精湛，是巧妙利用了颜色的佳品。五种颜色出现在一块翡翠原料上十分难得。紫罗兰雕一对戏水的鸳鸯、莲蓬；白色雕一朵盛开的荷花、一对仙鹤；绿翠雕荷叶与露珠；红翡雕仙鹤的冠部；墨翠雕仙鹤的眼睛。整个摆件尽随天意，自然天成，没有一丝强求，是翡翠摆件中不可多得的艺术珍品。

尺寸：15.5 cm×6.2 cm×1.3 cm

市场指导价：900000—980000元人民币

2. 翡翠的种重要吗？

"种"是翡翠收藏一个绕不开的概念，但是，对于目前众多的翡翠收藏者来说，"种"的问题已经成为他们收藏之路上的一片充满迷雾的森林，不少收藏者在此迷失了方向。他们常常会把精力盯在"定种"上，为了确定属于什么"种"而争论不休，认为"定种"是翡翠收藏的一个必要步骤。于是，不少收藏者因此感叹，"翡翠真是太复杂了"。实际上，他们可能并不知道，行家看翡翠根本不是这样，很多关于"种"的说法完全不必理会，比他们想得简单得多。

"我这块翡翠可是'龙石种'的……"

"这是典型的'高冰种'……"

"我们都是从穆纳拿的货，相当好，'穆纳种'知道吧……"

眼下，当一个收藏者来到市场中，他经常面对的就是商家关于各种"种"的说法。这么多"种"，到底哪个"种"好啊，怎么买才物有所值啊？结果，收藏者不问还好，越问越打听越糊涂。有的收藏者想到了借助提供各种翡翠知识的出版物，一看后发现，翡翠的"种"还真不少——"三十六水、七十二豆、一百零八蓝"，再拿着书本和市场上的翡翠一对照，有的对出来了，有的不知所

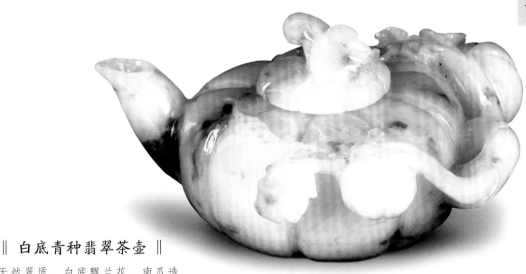

‖ 白底青种翡翠茶壶 ‖

天然翠质，白底飘兰花，南瓜造型，枝蔓盘绕，象征子孙万代。

尺寸：8.2 cm×7.8 cm×4.0 cm

市场指导价：6000-8000元人民币

云——到底哪个算是"细豆种"啊，这"蛤蟆绿"是什么色啊……简直乱了套。

问题出在哪里呢？

实际上，现在大家口头不断提到的"种"，就是过去磨玉的老师傅为了将他所见到的翡翠做个简单区分，对没见到这件翡翠的人能有个描述，而随意用生活中的东西做个比拟，非常"自然主义"。比方说，像玻璃就叫玻璃种；差一点的，就叫冰种；结晶颗粒大的，就叫豆种；有一丝丝绿的分布，就叫金丝种……然后师傅教徒弟，代代相传。这种命名从一开始就是很模糊的，而且不是一种体系，没有系统性，有的时候指种份，有的时候又指颜色，例如"紫罗兰种"。

现在的翡翠市场上听到的这个"种"那个"种"就是由各种不成系统的"种"的叫法所组成的。

‖ 薄水料翡翠 ‖

此翡翠颜色很绿，但是不通透，被切割成非常薄的小片，雕工也过于繁琐。

‖ 粗豆种翡翠竹壶杯 ‖

茶壶构思新颖，半月造型，配有两只茶杯，尽显温馨之意。

壶尺寸：10.5 cm×5.7 cm×4.0 cm

市场指导价：9000-10000元人民币

‖ 黄翡俏雕牛头佩 ‖

质地细腻温润，晶莹饱满，色彩油润亮泽，种较油润，巧用黄翡部分俏雕牛角，生动逼真，有牛气冲天之意。

尺寸：5.0 cm×4.0 cm×0.8 cm

市场指导价：11000-13000元人民币

‖ 阳豆种翠葫芦 ‖

翠色鲜阳纯正，造型简单大方，温润可人。钻石围镶设计备显高贵典雅，葫芦寓意多子多福，绵延兴旺。

尺寸：2.6 cm×1.5 cm×0.8 cm

市场指导价：120000-140000元人民币

‖ 金丝种翠龙纹佩 ‖

正反两面光素简洁，上下只浅雕出鼓纹，左右两边精雕盘龙纹饰，闲淡不失端庄。

尺寸：5.3 cm×2.9 cm×0.3 cm

市场指导价：19000-21000元人民币

‖ 油种翡翠耳环一对 ‖

油种翡翠耳环，搭配18K金镶钻，体现了传统翡翠和现代技术的结合。

市场指导价：200000-300000元人民币

行家说"种"是什么意思？

让我们看看行家说的"种"主要指的是什么概念，这个"种"指的是"种份"，"种水"，指的是翡翠的结晶结构。翡翠是由很多小矿物结合而成的岩石，"种"是描述这些矿物颗粒的大小、结合的致密程度。颗粒结合越细，越紧密，"种"就越好，反之，颗粒越大，结合越松散，"种"就越差。理论上讲，这种颗粒的结构，可以进行从最小到最大的科学排列。把目前市场常见的翡翠"种"按从好到差排列，为玻璃种、冰种、金丝种、油种、豆种、干青种。

"种水"概念下的"水"是什么？就是翡翠的透明程度。透明度越高，水越好；透明度越低，水越差。"水"与"种"有关系，相辅相成，但又是两个概念。有的"种"很细，结晶颗粒很小，但是透明程度不足，也就是"水"不够；有的很透明，也就是"水"好，但是结晶很粗，"种"不好。

对于"种"好同时"水"好的翡翠，行业内往往称之为"老种"，或是"老坑种"，对于"种"、"水"不足的翡翠称之为"新种"或是"新坑种"。说翡翠"种"老，是说这翡翠品质好——细腻通透；说翡翠"种"新，是说翡翠在"种水"成色上不够——细腻通透程度不足。所谓看"种"，用"种"评价翡翠，就是这个意思。

那么，这个"老坑种"、"新坑种"又是怎么回事呢？这同样也是一个历史留下的称谓。

在过去的某个时间段内，先发现的出产翡翠的坑口（也就是老坑口），所产翡翠的品质好，这些翡翠就被称为"老坑种"，而后来发现的坑口（也就是新坑口），所产的翡翠没有原来的品质好，因此把这些翡翠称为"新坑种"。所以，在当时来说，产自"老坑"的比"新坑"的好，"新坑"、"老坑"说明了一种品质差异。但是现在，新开的坑口不断产出更为优质的翡翠，因此"老坑"与"新坑"的说法，实际上已经没有任何意义。但"老坑种"与"新坑种"的概念还是沿用了下来，它是用过去的说法说现在的事儿。好的翡翠，就是"老坑种"，或称"老种"；成色不足的翡翠，就称"新坑种"或"新种"。

看翡翠是什么"种水"是鉴赏翡翠最重要的一个步骤，好的

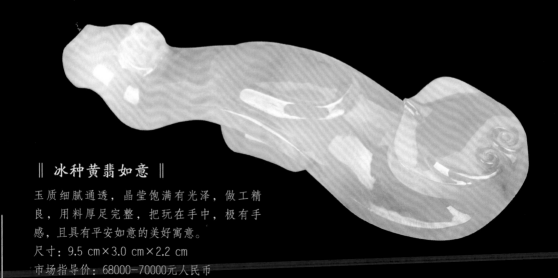

‖ 冰种黄翡如意 ‖

玉质细腻通透，晶莹饱满有光泽，做工精良，用料厚足完整，把玩在手中，极有手感，且具有平安如意的美好寓意。

尺寸：9.5 cm×3.0 cm×2.2 cm

市场指导价：68000-70000元人民币

翡翠就要看有没有好的"种水"，判定翡翠的"种"是非常重要的，但收藏者所执迷的具体定名是什么"种"倒并不重要。

收藏者常常认为，要弄懂翡翠，就要把这些分类的"种"彻底搞清楚，其实这是做不到的。更为麻烦的事情是我们现在一些关于翡翠的出版物往往不假思索地人云亦云，把一些关于"种"的各种称谓抄来抄去，通常见到的大约有几十种，行家也很难完全搞清楚，这也是很多收藏者为了称谓会吵得不可开交的原因。

曾有翡翠爱好者拿来一块翡翠，问我这块翡翠的颜色到底算是菠菜绿，还是蛤蟆绿，而实际上，这样的翡翠，无论是菠菜绿还是蛤蟆绿都不值钱，他所关心的分类对于翡翠的评估意义不大。

收藏者面对斑斓的翡翠世界，心中常常浮出的问题是：我是先看色呢？还是先看"种"？

"内行看种，外行看色"，买翡翠选择"种水"好的是保证翡翠收藏升值的基础。鉴赏一件翡翠"种水"好到什么程度，是翡翠评估的核心。

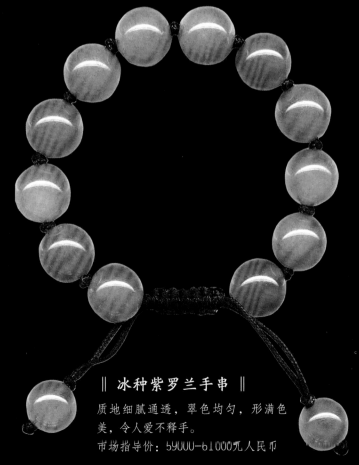

‖ 冰种紫罗兰手串 ‖

质地细腻通透，翠色均匀，形满色美，令人爱不释手。

市场指导价：59000-61000元人民币

近十多年来，"种水"达到顶级的翡翠，即使无色或者颜色不够好，升值也非常快，比如白色玻璃种，每年价格上涨不止一倍，从2002年到现在，极品白色玻璃种翡翠首饰价格上涨一百倍。玻璃种黄色翡翠、玻璃种飘兰花翡翠，也都有很大的升值。

相反，一些特别绿的品种，比如说铁龙生，没有"种水"，虽然通体满绿，但完全不透明，就不可能升值。同样道理，像干青种，颜色很绿但不通透，也没有成长空间。十年前，香港、台湾曾经流行过一种"短水料"的翡翠，颜色很绿，种水很差，略好于铁龙生，但也不够透明，这十年来也没有升值。

如何看"种水"是非常有讲究的，很多收藏者容易忽略翡翠的薄厚也会影响对"种水"的判断。同样的"种水"，越薄就会显得越透，有些商家也会利用做薄翡翠取得更好的"种水"效果。当进行翡翠"种水"比较的时候，要在同样的厚度中进行。

讲到这里，收藏者会明白，翡翠看"种"原则简单，就是要定"种水"的好坏，但说实话，看"种"很难，不是难在定它到底叫什么种，而是难在实践当中进行"种水"评价。翡翠的"种水"差一点，价格就相差很大，这才是真正考验眼力、考验经验的地方。

‖ 冰种翠葫芦 ‖

质地细腻通透，水润有光泽，造型饱满，配以白18K金更加的明艳照人。寓意福禄双全，多子多福。

尺寸：3.0 cm×1.8 cm×1.0 cm

市场指导价：300000-350000元人民币

‖ 玻璃种满绿福豆 ‖

翡翠福豆挂件，质地细腻温润，造型小巧可爱，寓意五谷丰登，吉祥如意。

尺寸：3.5 cm×1.3 cm×0.7 cm

市场指导价：190000-210000元人民币

‖ 冰种翠镯 ‖

种份细腻温润，翠色鲜阳，采用古代的圆条款式，充满古典韵味。镯条圆润饱满，外圆、内圆、环圆，"三圆合一"，象征圆圆满满。

圈口尺寸：5.4 cm

市场指导价：2400000—2600000元人民币

‖ 玻璃种黄翡蜥蜴 ‖

质地通透，一只蜥蜴伏于寿桃上，蜥蜴的脚、牙齿、爪子纹路清晰。蜥蜴谐音"希冀"，有希望之意，寿桃象征长寿。

尺寸：5.0 cm×2.6 cm×2.7 cm

市场指导价：18000-21000元人民币

3. 细说翡翠种份之玻璃种、冰种

"种"是衡量翡翠质量优劣的关键之一，是指玉质的粗细、透明度强弱，上品为老，次者为新。老种加工后色调更好，相玉应在种好的条件下再看色，这就是行话里所说的"外行看色，内行看种"。

翡翠的种份有多种，包括玻璃种、冰种、白底青种、油青种、芙蓉种、豆种、金丝种、花青种、紫罗兰种、干青种等。

下面我们着重介绍一下翡翠种份当中的玻璃种和冰种，看看怎样才能买到一件好的玻璃种与冰种的翡翠，满足我们的翡翠收藏者和爱好者的需求。

玻璃种顾名思义是像玻璃一样透，品质非常细腻，结晶颗粒致密，是翡翠中的极品。玻璃种有一个很直观的特点就是肉眼直观带有荧光，也就是行家所说的"起荧"。

冰种的翡翠种仅次于玻璃种，冰种翡翠也很透明，似冰晶，但是没有强反光。

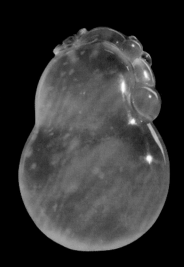

‖ **玻璃种艳绿双葫芦** ‖

大葫芦颜色均匀，种份通透，其右上浅绿处雕一小葫芦。小葫芦似新芽出土之意，充满生机，很有灵气，父子同枝。左侧又有一枝小花，生机盎然，仿佛孕育新的生命。整图充满祥和美好之相，寓意家和万事兴。

尺寸：4.5 cm×3.0 cm×0.5 cm

市场指导价：1200000—1600000元人民币

‖ **冰种翡翠知足常乐** ‖

光洁细腻的上品冰种，造型小巧可爱，寓意知足常乐。

尺寸：2.5 cm×1.2 cm×1.0 cm

2.7 cm×1.2 cm×1.3 cm

市场指导价：2000-2500元人民币/个

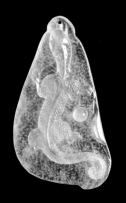

‖ **翡翠蜥蜴** ‖

冰种翡翠蜥蜴，白棉较多，皮肤
纹理清晰，寓意希望。

尺寸：4.0 cm×2.3 cm×0.5 cm

市场指导价：3600-4000元人民币

‖ **玻璃种翠葫芦** ‖

洁白通透，光度很好，是非常饱满的玻璃种。
葫芦造型简单大方，寓意集天地灵气于一身。

尺寸：3.1 cm×2.0 cm×1.1 cm

市场指导价：98000-120000元人民币

　　通常玻璃种与冰种翡翠鉴别的需要在一个非常重要的前提之下去做，那就是两种翡翠的厚度要一样，因为不管哪种种份的翡翠，切工都是越薄越透。当冰种翡翠切割得很薄，再用18k金镶嵌，用打磨抛光得很亮的反光面做衬底，冰种翡翠看起来便跟玻璃种翡翠一样。

　　有很多人认为，玻璃种翡翠一定比冰种翡翠贵，是这样的吗？这种说法是不全面的。举个例子：玻璃种中很小的花件、戒面的价格一般也就在几千元至几万元之间；而满绿、造型饱满的大件冰种翡翠花件，却能有价值几百万元的。

‖ **冰种白翠福豆** ‖

冰种翠福豆，质地温润，种水极佳，整体通透似冰，福豆
颗粒饱满，佩戴可保佑您官运亨通，四季发财。

尺寸：3.1 cm×2.6 cm×0.6 cm

市场指导价：7000-8000元人民币

在哪种情况下区分冰种、玻璃种是非常重要的呢？对于白色玻璃种、冰种翡翠，判定它是冰种还是玻璃种非常重要。由于同样大小的白色玻璃种与冰种翡翠在价格上相差10倍左右。常有很多人把白色冰种花件当成玻璃种买下，以为自己只用几千元就买到了别人要花几万元才能买到的玻璃种花件，实际上他买的白色冰种花件也就是价值几千元，买得并不便宜。

白色冰种、玻璃种：如果是小件，则不论是哪种，价值都不是太高，如果是玻璃种，现在的市场价也就是几万元，如果是冰种，也就几千元。

白色玻璃种不涉及颜色的判定，评估价值相对来说较容易，对于刚开始收藏翡翠的人来说，较容易掌握。这几年中有大量的初级收藏者进入翡翠门类，使得白色玻璃种成为这几年中上涨幅度最快的品种。

‖ 冰种白翠手串 ‖

手串由16粒珠粒组成，珠粒颗颗圆润饱满，质地均匀通透且细腻。

珠粒尺寸：6.0 cm

市场指导价：36000—39000 元人民币

带绿色的玻璃种、冰种翡翠：是充分体现翡翠魅力的品种。那些形状饱满、周正，带正阳绿色的冰种、玻璃种，非常难得，是很值得收藏的翡翠中的珍品，也是未来最有升值空间的品种。

　　满绿的玻璃种翡翠：在翡翠中最为珍贵，其中大件更是翡翠中的极品，在市场中已经非常少见，市场价格可达几千万元。冰种满绿的翡翠也是非常珍稀的品种，市场价也能达到几百万元。当然，这里有一个前提条件，就是翡翠的形状必须饱满、周正。

‖ 玻璃种带绿福豆 ‖

玻璃种福豆，翠色均匀纯正，种质细腻温润，造型简素饱满，寓意五谷丰登，福寿安康。

尺寸：4.7 cm×1.8 cm×1.2 cm

市场指导价：1100000—1500000元人民币

能够达到收藏级的是大件的白色玻璃种，包括花件（以观音、佛为主）、手镯、大粒珠串和大戒面，要求非常完美干净，荧光越强、颜色越白越好。纯白色的比飘兰花的价格要高。对于形状，则要求饱满、厚重，形状周正。其中顶级的可以卖到几十万元。

‖ 玻璃种对镯 ‖

玻璃种对镯，出自同一块料，质地细腻，通透似冰，种水极佳，几点淡绿映于手镯之中，寓意圣洁的爱情在纯净的大自然里成长。

圈口尺寸：5.5cm

万瑞祥翡翠俱乐部藏品

　　达到上述要求的两种翡翠都是未来最有潜力和升值空间的收藏级翡翠，也是需求量越来越大的。近五六年来，玻璃种、绿色、干净完美、形状饱满厚实的大件在价格上上涨10到20倍，是翡翠中上涨幅度最快的　种。

我们都知道翡翠的颜色有好多种，除了绿色、白色之外还有黄色、紫色、红色等，这些颜色的翡翠只要种好，有的也是非常值得收藏的。只要种份达到玻璃种或者是冰种，价值都比种差的要高很多。冰种的黄翡花件，价值也近10万左右。曾经万瑞祥有一对颜色浓艳纯正、冰种、用料饱满厚实的红翡圆圈，卖了15万多。在紫罗兰色翡翠中，以豆种、藕粉地为主，冰种比较少见。万瑞祥收藏了一件达到冰种的紫罗兰色翡翠，价值在20万元以上。2002年万瑞祥燕莎专柜，卖过一只达到玻璃种，荧光非常好的紫罗兰色手镯，这只手镯的原料非常少见，以后再没见到类似的材料。当时手镯才卖了3万元，近些年没有见过荧光这么好的玻璃种紫罗兰色翡翠手镯，现在价值应在几十万以上。

玻璃种、冰种很通透，其中的颗粒、杂质、绺裂很容易看到，甚至看得很清楚。有杂质当然是一种缺点，但对于翡翠又不能完全这么看。因为翡翠不是钻石，作为单晶矿物，钻石不允许有肉眼看得到的杂质，翡翠是多种矿物的结合体，必然会有各种结构和结晶变化。多数翡翠是不透明的，看不到里面的情况，而冰种、玻璃种细

‖ 玻璃种黄翡卧佛 ‖

种质细腻温润，翡色柔和，精雕福佛，面目和善，双耳垂肩，一手扶头，一手托宝珠放于胸前，一派悠然自得的模样。

尺寸：2.6 cm×1.5 cm×0.4 cm

市场指导价：8000-10000元人民币

‖ 冰种紫鱼佩 ‖

翡翠鱼种质细腻，通体亮泽，雕工生动，片片鱼鳞清晰可见，寓意年年有余，富贵吉利。

尺寸：5.4 cm×3.7 cm×0.9 cm

市场指导价：26000-30000元人民币

密、干净，可以看得到里面的结构，不太懂行的会认为这样的翡翠不完美，实际上是缺陷反衬出翡翠质地的优异。一块高质量的翡翠有一点杂质，一般来说不是大问题。实际上，顶级的翡翠也不是没有任何瑕疵的，看一件翡翠，着眼点不是挑毛病，而是看几个大的方面，看最难得的地方——有好种、好色、好形状，这就非常难得了。仅仅因为杂质，错失了好的翡翠，是一种失误。

4. 翡翠的形状至关重要

经常接触很多初入门的收藏者，有一个很明显的感受是，很多人对翡翠的颜色和种份过于重视，尤其是对颜色、种份的定名过于关注，花费了鉴赏的大部分精力在讨论"是这个种，还是那个种，是这个色，还是那个色"恰恰对行家非常关注的"翡翠的形状"不太留意。

大约两三年前，国家珠宝玉石鉴定中心开始做全国翡翠评估定级标准的制作工作，主持人王曼君老师还专门征求过我们国家注册珠宝评估师协会的意见。我就提出是否存在着仅注重色种，而忽略了形状的问题。

可能很多翡翠爱好者想不到，在同样色、种的翡翠中，行家会为了其中一件形状非常饱满、圆润、周正、对称、漂亮而多出几倍的价格。是不是有点难理解？举个例子，同一块原料做出的两粒戒面，同样的颜色、种水，粗看大小都差不太多，一粒较薄，正面平平的不饱满，底面也是平的；另一粒非常饱满，正面鼓鼓的，底面也是弧形的。这样的两粒戒面，如果是低档的，价格差倒不见得很大，如果是高档戒面，在评估中其价格能相差几倍到几十倍以上，而且越高档的戒面相差越大。

‖ 翡翠桃心 ‖

翠色鲜阳均匀，玉料圆润厚实，未多做雕琢，保持了玉料的原貌。桃心寓意心想事成。
市场指导价：1200000-1600000 元人民币

为什么多数的专家和收藏者会忽略掉翡翠的形状，而仅对色种重视呢？我觉得主要原因可能是由于大家平时接触的中低档翡翠较多，在中低档翡翠中翡翠的形状差异所引起的价格差，相差不多，而高档翡翠则差之大矣。高档翡翠的鉴赏评估要求高得多了。

其实不光是戒面的形状，就是对花件和手镯，形状也是至关重要的。低档的花件，种水一般，不是满色，形状不是特别重要。而中高档翡翠花件，尤其是满色（绿色）花件，形状对价格的评估就非常重要。两件色种完全一样的满绿花件，一件形状饱满、圆润、对称，常见的题材有桃子、福豆、葫芦，一件是异形的不对称形状，随形做成花件，价格悬殊。有的朋友会问，有的人喜欢桃子、福豆、葫芦，有的人就是喜欢随形做的小花件，为什么前者的价格就要比后者高呢？其实呀，这是因为前者要求绿色的面积要大，只有绿色很多、面积够大时，才能做对称标准的形状。而当绿色较少，且分布不均匀时，就只能随形做。而绿色多面积大的翡翠原料要远远少于绿色少、分布不均匀的翡翠原料，价格更是远远高于后者。对于喜欢桃子、瓜、葫芦的朋友，应该说您的收藏方向是正确的，这些花件有很高的升值潜力。而对于就喜欢异形花件的朋友，明白了这个道理，您就知道了完全可以花更少的钱买到这些翡翠。我有一个朋友买了一件翡翠袋鼠吊坠，颜色水头还过得去，但因为绿色分布的不均匀，中间大两边小，被设计成了袋鼠，她觉得买得不贵，但我觉得买得不便宜。

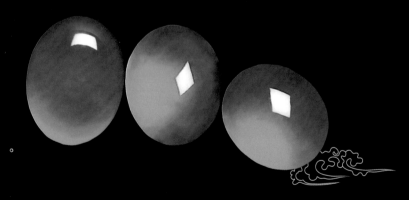

‖ 形状非常饱满的翡翠戒面 ‖

蛋面颜色为鲜活的祖母绿一般的高绿色，色浓而均匀，结构极其细腻，颗粒感全无，好似通透的玻璃一般，透明度极高，其品质堪属国内外难得一见的珍品翡翠。

万瑞祥翡翠俱乐部藏品

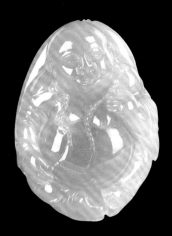

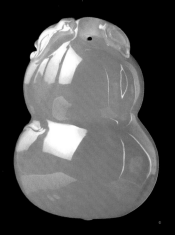

‖ 黄翡佛 ‖

佛公面带笑容，憨态可掬，身上衣衫、佛珠清晰可见，福佛袒胸露乳，大腹便便，使佩戴者也仿佛多了一份能容天下难容之事，及笑对人生的雅量。

尺寸：2.9 cm×2.9 cm×0.3 cm

市场指导价：3500-4000 元人民币

‖ 艳绿翡翠葫芦 ‖

玉质水润细腻，翠色鲜阳均匀，用料完整硕大，雕工精细，品相饱满，葫芦谐音福禄，象征多子多福，福寿安康。

尺寸：2.8 cm×2.2 cm×1.3 cm

市场指导价：550000-570000元人民币

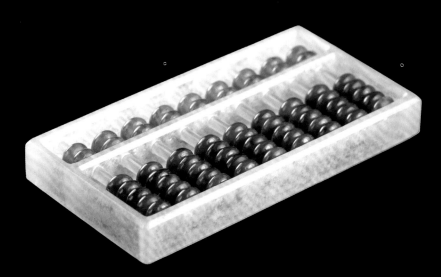

‖ 翡翠算盘 ‖

翡翠算盘种质细腻，翠色鲜艳，小巧精致，雕工精湛，巧用白翠做算盘的骨架，红、绿两色搭配成算盘珠粒，颗粒圆润均一，轻轻拨打触感莹润、光滑，妙趣横生。算盘是账房必备工具，寓意生意兴隆，财源广进。

尺寸：5.1 cm×2.6 cm×0.7 cm

市场指导价：15000 20000 元人民币

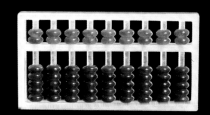

无色玻璃种、冰种花件，形状的重要性也要重视，因为都是白色，原料都很整齐，不存在异形的问题，但是形状的薄厚至关重要，一定要买厚不买薄。厚的对料要求高，相对难得，薄的会显得比实际的水头透明，往往买家出价容易出高。

有些朋友会说，你说的花件我们能理解了，但手镯都是一个圆环形状，怎么说形状对价格影响也特别大呢？其实手镯也有形状的差别，手镯的宽窄、薄厚、圆形还是椭圆形、圈口的大小、圆条还是扁条，对价格都有一定影响。

手镯的宽窄指的是条口的宽窄，窄的手镯宽度不足10毫米，宽的手镯宽度能达到15毫米。手镯的做法是先将翡翠原料按手镯的宽度切成片，可以想见，假设同一块料，切窄的手镯可切三片，切宽的手镯只能切两片。但是你放心，对于高档翠料，如果够厚，行家绝不会为多出手镯而切三片，他一定是切两片，因为这样出的手镯数量是少了很多，但每一支手镯的价格却高很多，至少会高出一倍以上。

‖ 冰种满绿手镯 ‖

翠质细腻，无绺无裂，镯身为古时常见的圆口，古朴典雅，颜色为鲜艳的湖水绿色，恰似一池冰封的湖水，戴在手上，感觉就像这一池水将融化在自己手中。

圈口尺寸：5.5 cm

市场指导价：900000—950000元人民币

再说手镯的薄厚。同样的原料，厚手镯用料多，价值相对高。手镯的薄厚有相对固定的尺寸，一般在3-5毫米，手镯过薄往往是因为原料不够，只能做得尽量薄，以使人能戴得上。还有一种原因是冰种手镯，做薄之后会显得更透明一些。近年来，高档手镯日益重视其宽度和厚度，够宽够厚的手镯往往卖相好，客人争相购买。行家还有一个专业词来形容手镯的厚度，叫"起墙"，起墙高，指的是手镯厚。如果手镯很厚，还很透明，就说明这只手镯的种水非常好。

看一件翡翠的形状，饱满的要优于平瘪凹陷的；周正的要优于畸形的；对称的要优于不对称的。

翡翠的形状实际上是翡翠的一个细节，很容易被鉴赏者所忽略。见到很多初入门的收藏者买到的自以为便宜，实则是品相不够的翡翠，很多都是因为忽略了形状。真正搞明白这一点，对翡翠鉴赏收藏会有很大的提高。

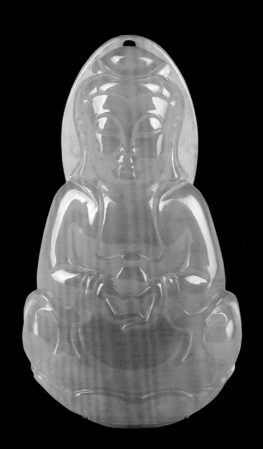

‖ **翡翠观音** ‖

艳绿翡翠观音，用料完整，颜色艳阳均匀，端坐在莲花宝座上，手捧宝珠神态祥和，显示出一种高贵典雅的气质。寓意保佑平安，赐来福运。

尺寸：6.0 cm×3.5 cm×1.2 cm

万瑞祥翡翠俱乐部藏品

5. 怎样看待翡翠的工艺

　　要讲清鉴赏翡翠时怎样看翡翠的工艺，需要从两个方面来讲。一方面强调翡翠工艺的精美,另一方面强调翡翠工艺的简洁。这两者看似矛盾，但同时成立。

　　翡翠行内有一句话，"好料绝不会用差工"，好的翡翠原料，一定用精湛的好工，色种俱差的翠料，可能会用很粗糙的工艺。这是为什么呢?

　　在各种玉料、宝石原料中，翡翠原料的价格差异是最大的。高档的原料，一公斤就是几百万元，而最差的翡翠原料，有很多在缅甸被用来砌墙，低档的翠料常常几吨重，也就卖个几万块钱，合一公斤十来块钱。我有个做宝石的泰国朋友就在拍卖会上

‖ 黄翡吉祥如意牌 ‖

黄翡颜色鲜艳浓郁，种优质佳，雕工细致，一面吉祥一面如意，纹路清晰，线条流畅，给人带来福气。

尺寸：3.9 cm×2.8 cm×0.5 cm

市场指导价：40000-50000元人民币

买了一份这样的翠料，准备做成茶桌、茶凳，放在自家花园里。

如果是前者这样的高档翠料，加工一定是要找工艺精湛的名师，一个花件的加工费要几万元，仅抛光也要几千块钱。有的非常有名的工匠，像潮阳的"阿洪"，他加工花件有的时候还要参股，也就是说你请他加工翡翠，这件翡翠卖出之后，你还要按一定比例给他抽成，如此算来工费更是不菲了。而低档的加工，经常是从农村刚来打工的学徒，在师傅的指点之下在这些低档翠料上"练手"。这样加工的一件花件也就两三块钱的工费，线条图案没有美感可言。这样的花件以几块钱的价格被批发，到零售市场上能卖到一两百元，利润率反而是最高的，不少经营低档的批发零售商发了大财。

便宜有什么不好？如果您是买一双皮鞋，它是有使用价值的，您可以买一双几千元的名牌，也可以买一双几十块钱的普通皮鞋，都能穿着使用，便宜的也不错。而翡翠不同于皮鞋，翡翠是艺术品，它没有使用价值。一件翡翠的价值来自于它原料的珍贵稀有性，来源于它加工工艺的艺术创造力，两者完美的结合保证了一件翡翠的价值。您买了一件这样的翡翠，它为您所有，以后别人若也想收藏一件这样的翡翠，他们面对的将是日益上涨的原料价格和工艺价格，这才能保证您收藏的这件艺术品的价值。

‖ **白翠印盒** ‖

质地细腻温润，水头足，造型
精美饱满，盖上花纹的纹路清
晰可见，雕工十分精细，盒盖与
盒身的咬合非常紧密。

尺寸：5.3 cm×5.3 cm×2.4 cm

市场指导价：17000-20000元人民币

渔翁的鱼与鱼篓（局部）

鹬蚌相争（局部）

‖ 冰种黄翡巧雕 "渔翁得利" 摆件 ‖

质地水头好，淡绿中带些翡色，俏雕日头、渔翁、鹬、蚌、荷叶，把
玩于股掌之间，引人深思。

尺寸：7.0 cm×3.6 cm×2.4 cm

市场指导价：28000—30000元人民币

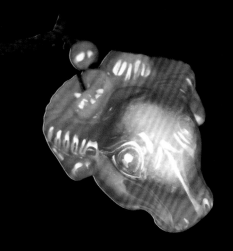

‖ 黄翡羊首吊坠 ‖

冰种翡翠，黄翡色泽亮丽，晶莹剔透，羊的额头一块白色，采用圆雕手法展示羊的温顺善良，此款翡翠羊饰品巧用羊头来体现，雕工细腻，寓意三阳开泰，洋洋得意。

尺寸：2.5cm×2.1cm×1.4cm

市场指导价：20000—30000元人民币

‖ 黄翡知了把件 ‖

知了身体翡色饱和，整体颜色均匀。黄翡种水润泽通透，在黄皮原料中相当难得。线条流畅，形象逼真，用料完整，蝉翼纹路清晰可见，整件作品雕工精湛，栩栩如生，寓意一鸣惊人。

尺寸：6.2×3.0×2.1cm

市场指导价：40000—50000元人民币

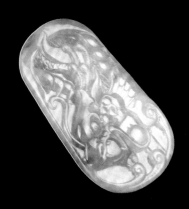

‖ 黄翡印章 ‖

冰种，种份细腻温润，黄翡雕刻金蟾，颜色鲜阳，造型可爱，白色章体通透干净，整体雕工精湛，自然大气，寓意吉祥如意，财源滚滚。

尺寸：5.8×1.8×1.8

5.7×1.8×1.8

市场指导价：50000—55000元人民币/每个

‖ 三彩翡翠玄龙吐珠佩 ‖

种质温润细腻，三彩色泽分明，翠色明艳，黄翡浓郁，白翠洁净，采用翠色俏雕龙眼和龙珠，所谓画龙点睛，雕刻线条流畅细致，为一玄龙口吐一颗辟邪的宝珠。寓意：财源滚滚。

尺寸：5.5×3.7×0.8cm

市场指导价：20000—25000元人民币

‖ 紫罗兰翠云纹经柱 ‖

种质细腻，颜色为柔和的紫罗兰春色。造型独特，为圆柱体，在周围细致雕刻云纹图案。

尺寸：1.5 cm×1.5 cm×4.0 cm

市场指导价：48000-50000元人民币

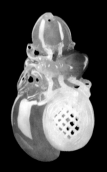

‖ 同源四宝 ‖

这四件美丽的三彩翡翠出自同一块原料。非常难得的是黄、绿、白三色都非常鲜艳、干净，在翡翠原料中颇为少见，再配合极精美的加工工艺，可谓巧夺天工！

尺寸：3.5 cm×2.2 cm×1.2 cm　　　　4.0 cm×1.8 cm×1.6 cm

　　　4.0 cm×2.0 cm×0.7 cm　　　　3.0 cm×1.7 cm×0.8 cm

市场指导价：160000—200000元人民币（四件）

‖ 春带彩狮子一对 ‖

春带彩翠狮，用料硕大，质感油润细腻，雕工
精湛，雄狮的发须等丝丝清晰可见，一狮脚踏
彩球，一狮脚踏小狮，勇狮表示勇敢，对狮寓
意事事如意，可镇宅避邪。

尺寸：15.5 cm×13.5 cm×8.5 cm
　　　17.5 cm×13.5 cm×8.5 cm

市场指导价：300000—400000元人民币

我们在"收藏家翡翠课程"上，给上课的这些收藏家建议，如果对翡翠的材质还没有太大的把握，那么可以参考这件翡翠的做工。一件鲜艳满绿的翡翠，工艺非常粗糙，那完全可以断定，这一定是一件赝品。

那既然是工艺越精湛越好，为什么又要强调工艺的简洁呢？一件雕满图案的翡翠不是工艺更难得吗？

要解释清楚这个问题，先要讲明白一个现象。不知大家有没有留意过，翡翠手镯中，雕花的很少见，虽然雕花的翡翠手镯很少，但它并不物以稀为贵，同样质地的翡翠手镯，雕花的价格远低于光素的手镯，为什么呢？原因是，只有翡翠手镯上有非常明显的绺裂时，才会用雕花的手法来掩盖这一缺点。当手镯原料没有厉害的绺裂时，一定不会在上面雕花。翡翠行家有一句话叫"无绺不做花"，说的就是这个道理。

翡翠由天然的玉料加工而成，最着重的一点就是"因材施料"，这是它与其他人工制造（创造）的古玩书画等艺术品的根本区别。翡翠的价值高低，更重要的在于这块原料的稀缺性，高档翡翠中，原料本身的价值在翡翠成品中要占到九成甚至更多，好的工艺相当于锦上添花，把翡翠本身的魅力最好地表现出来。最好的工就是将翠料扬长避短的工，而绝不会凌驾于翠料之上，完全按照一己之意，自行创作。没有绺裂的好种艳色的翠料，即使没有经过任何加工，其本身也是价值不菲的宝物，有时小小一块几两重的原料就价值数百万元。因此高档好料，如果没有绺裂是决不会轻易雕刻图案的（观音、佛除外），一定是尽量以光素的弧面示人。

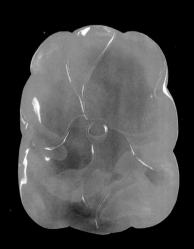

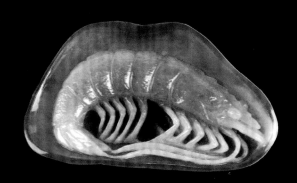

|| 高绿翠荷叶 ||

色泽浓艳均匀，质地细腻，水头足，用料完整，几乎没有雕琢的痕迹，造型简洁大方，叶面流畅的弧度线条犹如荷塘中荷叶随微风摆动，美丽生动。

尺寸：3.2 cm×2.6 cm×0.7 cm

市场指导价：175000-195000元人民币

|| 黄翡俏雕贝壳虾 ||

黄翡色泽浓艳，质地细腻，雕工精美，以绿色部分巧雕一只虾卧于贝壳之中，虾的纹路清晰可见，形态栩栩如生。

尺寸：4.3 cm×2.5 cm×1.0 cm

市场指导价：5500-6500元人民币

还有一种情况是，翠料本身并不贵，但质地细腻，颜色干净喜人，像近些年越来越受欢迎的好种黄翡，白色玻璃种、冰种、紫罗兰种，这些翡翠原料价值不高，相对来说工艺更自由，更能由工匠自由驰骋，完全发挥出自己的工艺特色。比如现在颇受欢迎的"手把件"，比花件大，但小于摆件，拿在手上把玩，因此称"手把件"、"小玩件"，比如黄翡雕花手镯。收藏这类翡翠也有较高的升值空间，其价值的增长点在工艺上。收藏这类翡翠时，首先要注意原料完整饱满，不应有较大的绺裂，颜色不能显脏或过于暗淡。

‖ 黄翡俏雕蜥蜴摆件 ‖

种质细腻柔和，整体兼有淡绿和黄翡，黄翡皮子上俏雕一淡绿色蜥蜴，蜥蜴头上有块黄翡，鳞片雕刻精细，造型为趴在一块石头上翘首张望，栩栩如生，蜥蜴为变色龙，寓意兴隆。

尺寸：10.3×4.6×2.9 cm

成交价：5280 元人民币

‖ 黄翡俏雕贵妃镯 ‖

手感油润光滑，用料厚实，构图巧妙，运用艳黄俏雕成鱼戏荷叶间的景象，充满了诗情画意。荷自古以来就代表着冰清玉洁，大方不俗，寓意生活圆满。

圈口尺寸：6.0 cm×5.0 cm

市场指导价：43000—48000元人民币

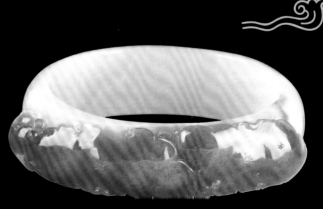

6. 行家怎样鉴赏一件翡翠

很多对翡翠收藏感兴趣的人都很想知道，行家们在一起是怎么看翡翠的？当遇到一件翡翠的时候，行家们是怎么交流鉴赏这件翡翠的呢？

与我们想象的可能很不相同，行家们在看到一件翡翠成品时，并不是商定这是什么种、什么色，以确定翡翠的价值。他们不会说，"你说这是什么种，我认为是什么什么种，您同意吗？"，或者"我看这是什么什么色，您的看法跟我一样吗？"那这些行家们是怎么交流对一件翡翠的看法，怎样来评判翡翠的价值呢？

行家们谈一件翡翠其实很简单，从种水、颜色、形状、大小、卖相几个方面来说。

关于种水，他们会说，"这件翡翠水头好，种老"、"这件翡翠种干，水头不够，结晶太粗"，一句话，就把翡翠的种水分了类。还有"这件翡翠结晶很细，但种不够老，水头并不好"、"这件翡翠种虽然老，但结晶太粗了"，如果达到玻璃种，行家们会说"这件翡翠的光度

‖ **紫罗兰翡翠观音** ‖

种质细腻，紫罗兰纯正均匀，色泽柔和，观音双手托瓶，造型端庄秀丽，仪态万方，开脸自然生动，肌肤丰腴，流露着慈悲为怀，普度众生的情感。寓意吉祥如意。

尺寸：5.0 cm×3.0 cm×1.0 cm

市场指导价：31000-33000元人民币

‖ **翡翠螃蟹把件** ‖

种质颇为润泽，整体大致为青绿色，黄翡俏雕蟹脐、蟹腿和蟹子，螃蟹正在产子，蟹钳夹一枚钱币。螃蟹有鸿运当头，富甲天下，八方招财之寓意。

尺寸：7.2×4.8×2.9cm

市场指导价：50000—60000元人民币

好，结晶真是够致密"或者"这件翡翠光度不够"。

关于颜色，行家们会说，"这件翡翠颜色不错，够浓，够鲜艳"，"这件翡翠颜色浅一点，但很匀"，"这件翡翠颜色有点偏，带灰，是瓜色"，"这件翡翠颜色太暗，是油青"，"这件颜色太花"，"这件翡翠绿色太少"，也就是从浓、艳、正、匀及多少这五个方面考虑。

关于形状，行家们会说"这件翡翠形状饱满，够厚"，"这件翡翠太薄，形状不规矩"。

关于大小，行家们会说"这件翡翠虽然色种都不错，但太小，卖不上价钱"。

‖ 三彩翡翠龙佩 ‖

福、禄、寿三彩并存，种足水好，精雕祥龙，立体雕刻栩栩如生，气势磅礴，祥龙通体环绕宝珠、钱币，韵味浓郁，寓意望子成龙，辟邪如意。

尺寸：5.8 cm×3.7 cm×1.8 cm

市场指导价：110000—125000元人民币

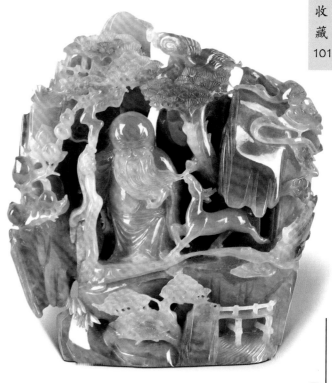

‖ 福寿延年摆件 ‖

此福禄寿喜摆件体积硕大，色彩鲜明，用料巧妙，巧用黄翡部分俏雕松鹤、寿桃、龙头等，精雕一只仙鹿，动感十足，整体雕工极其精美。松鹤延年、鹤鹿同喜之寓意，是长寿延年的象征。

尺寸：13.5 cm×15.0 cm×5.0 cm

市场指导价：110000—125000元人民币

其实，不管是对于行家还是藏家，最重要的还是一件翡翠的卖相。很贵的翡翠中，也有很多卖相不好的，行家买它很难卖掉，即使卖掉也往往挣钱不多。藏家买它虽然开始觉得买得便宜，但过一段时间就会不喜欢了。再出手也会很难。卖相好的翡翠不一定都是高档的，也有中低档翡翠，但卖相极佳的。行家买它非常容易出手，往往挣得很多，藏家买时可能觉得比同类的翡翠要贵一些，但买回家去，越看越喜欢，这样的翡翠升值比别的翡翠快，一段时间以后就觉得买得非常值了。

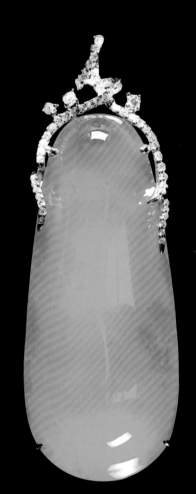

‖ 白 18K 金镶翡翠福瓜 ‖

翠色浓艳均匀，种水通透，玉料完整厚实，雕工简单大方，白18K金镶以钻石制成瓜秧。打开背板可看到福瓜的背面。寓意子孙万代绵延兴旺。

尺寸：4.6 cm×2.0 cm×1.0 cm

市场指导价：3800000—3900000元人民币

伍

翡翠收藏

◆ 远离行活
◆ 收藏翡翠不用只选贵的
◆ 什么样的翡翠是收藏级翡翠
◆ 玩翡翠必须靠专家吗？

1. 远离行活

常常在古玩和字画行里，听到有行家说"这些都是行活，不能要"，那"行活"到底是什么意思？为什么不能买呢？"行活"指那种不是特别具有艺术性、个性的产品，就好像有一套流水线，可以批量地不断重复和加工。由于"行活"没有艺术特点，并大量充斥于市场，所以不具备收藏和升值潜力。

与它相对应的就是真正值得收藏的艺术珍品。这些一定是个性鲜明的、有非常独到的艺术特色的。不论是画、古董，一定由作者精心创作的。如果是玉器、珠宝，原料是非常难以找到类似的、非常难得的原料。如果是画、瓷器，是由非常著名的大师来精心创作的，这些是真正收藏级的。还可以说得细一点，比方说画，同样是大师一级的、很有名的画，并非件件都是精品，也有行活在里面。其实真正当代的画家就属傅抱石了，基本件件都是精品，没有应付人的。有些是应付人的，应酬一下，那些也能称之为行活。

翡翠中也有行活。一些售价很高的翡翠饰品，可能也是行活，也没有什么升值空间。索斯比、佳士得十年前的拍卖图录中的一些翡翠饰品，都是在拍卖会上的，理应说是一个档次比较高的拍卖市场的东西，其实里面有很多是达不到收藏级的。比方说十年前拍卖过一串项链，镶嵌短水的（不透明的），颜色虽绿但加工做得很薄的一串项链，一两百万，这个也可以说是行活，到现在，价钱与十年前差不了多少，不会有很高的升值。但是当时同一场拍卖会上有一对手镯，种特别好、特别透明，当时很便宜，几万块钱，一对都不到十万块钱。如果那一对到现在，就是百万。所以行活，一开始的意思就是大量生产的、市场上常见的。又高一层来说，除了这些以外，有一些很高档的，比如齐白石、张大千的画也有行活，翡翠中高档的也有行活，真正收到它当中的值得收藏的艺术品，是收藏家。

在翡翠制品当中，行活现象就更为普遍。原因有几点：

首先，原料中有行活。因为翡翠原料出产的一般是比较大块的。小的可能也要几公斤一块，大的就是几吨一块。翡翠的出产本身就是比较大块的原料。在这些原料当中只有其中的有鲜艳的绿色，质地、种份比较通透的，或有鲜艳的绿色或紫色、黄色的才有价值。往往在一大块原料当中，一点鲜艳的绿色都没有，即使这一大块原料几吨重，但都是白白的、质地也不通透的，虽能出产几万件但也是普通的翡翠。如果在一块大的原料当中，能有一条绿色的带子，那这一块原料马上就身价百倍，哪怕在这块原料当中，这条绿色的带子，在里边出产的翡翠只占到整个这块原料能够生产的翡翠件数的千分之一到万分之一，顺着这个带子做出的东西是高档货，其他就是普通货。这说明在翡翠当中，行货

大量低档翡翠原料，加工出来的都是行活

出产的量尤为巨大。此外，在翡翠当中，如果是颜色特别偏暗、不够鲜艳，质地不够通透，原料里面绺裂、毛病过多，因此做出来的成品上面的工艺特别繁杂，具有这几点的都是行活。

其次，工艺特别粗糙的也是行活。在翡翠当中，一般差的翡翠用差的工。不会见到一件翡翠水头很好、颜色也绿，工特别差的。

第三，体积过小、过薄的也算是行活。

拍卖会外，旅游品市场是行活较为常见的主要市场。在珠宝销售市场中，行货数量也是很多的。纵观整个市场，行货占有很大的比例，收藏级占的比例很小。因此要求收藏者有很独到的眼光。

行活的利润率高。原因是行活原料的成本比收藏级翡翠原料成本低很多。原料上的价格差异大于成品的价格差异。例如缅甸，有些料成本很便宜，随意加工。高档的，原料成本很高，价钱也就越高。成品的利润率远远低于行活。

目前翡翠收藏市场很红火，吸引了大批收藏家进入这个市场。很多收藏家听到了很多报导，翡翠升值多么厉害，升值多少倍，而且原料面临枯竭，看好翡翠未来还有更大幅度的升值。在这种情况下，另一方面，行货肯定会大量充斥市场，更大幅度占满整个市场。作为收藏家，买到行活的几率比市场收缩时要大。市场倒闭时比较容易买到珍品。

总之，收藏家掌握好以上几个要素，可以降低买到行活的几率，从而找到真正的收藏级珍品。

随着好的翡翠原料逐渐减少，价格不断攀升，大量的垃圾货充斥了整个市场，从而直接影响到收藏者，可能花了很多钱，但买到的并不是真正收藏级的东西。因此收藏者要有自己的定位，对市场有个认识，对现在是什么阶段，应该买什么样的东西，要有一个基本的判断。

‖ 收藏级翡翠 ‖

翠色鲜阳均匀，种质细腻，形状圆润饱满，加以巧妙的构思，简洁的设计，寓意福气满满，子孙万代绵延兴旺。

尺寸：2.5 cm×1.6 cm×0.8 cm
市场指导价：160000-175000 元人民币

‖ 收藏级翡翠 ‖

翡翠戒面造型饱满，种色绝佳，细腻纯净，娇艳欲滴，配以白18K金镶钻戒臂，款式古朴大方，又不失时尚感。

蛋面尺寸：1.5 cm×1.0 cm×0.6 cm
市场指导价：1500000—2000000 元人民币

收藏翡翠一定要买好的、收藏级的翡翠，但收藏级与高档并不是同一个概念，好的并不见得就一定得贵。有很多售价很高的翡翠也可能是行货。收藏翡翠不论价格高低一定要选择有特色，未来有升值潜能的翡翠。有很多有特色的翡翠小品，虽然原料价格并不高，但由于工艺与原料结合的很独特，市面上并不多见，因此同样具有升值空间。万瑞祥翡翠淘宝店铺就曾卖出过很多这样的翡翠小品，也因此结识了很多喜欢翡翠的朋友。

下面，借助几件翡翠小品讲一讲，如果不想投资太多，应该收藏些什么样的翡翠。

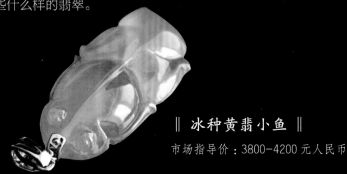

‖ 冰种黄翡小鱼 ‖

市场指导价：3800-4200 元人民币

冰种黄翡小鱼，种水很好。黄翡一般都是位于翡翠原石的外皮部分，种水好的很少。因此近年来，好种的黄翡价格上涨不少。收藏黄翡，同样应该重视种水。这件小鱼还有一个优点就是工艺好，造型可爱。鼓鼓的两只眼睛，肥嘟嘟的嘴，灵活的大尾巴。虽然价格不高，但由于冰种黄翡相对较少，尤其这件小鱼没有冰种黄翡中常见的絮状物，所以也有一定的难得之处。

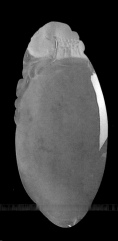

‖ 翡翠貔貅坠 ‖

种质细腻通透，整体雕工细腻，冰底翠貔貅昂首回头伏于艳绿宝珠之上，形象逼真、大气，貔貅嘴大吃四方，揽八方之财，寓意吉祥富贵，平安又发财。

尺寸：3.5 cm×1.7 cm×1.0 cm

市场指导价：120000-140000 元人民币

冰种带绿翡翠福豆，结晶致密，种水相当好。颜色不多，只在上边的豆粒处有一抹艳绿，这是一条色根，虽不浓但绿得让人舒服。这个豆子的好处是造型非常饱满，质地均匀，没有任何绺裂、白棉、黑点，作为一件翡翠花件，已经相当完美了。

‖ 冰种带绿翡翠福豆 ‖

市场指导价：30000-35000 元人民币

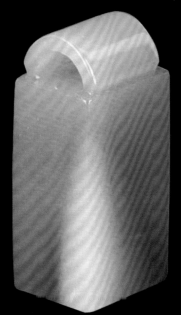

‖ 黄翡印章 ‖

通体润泽细腻，翡色浓艳，美艳照人，整体用料完整，毫无瑕疵，一束白翠映于其中，翡色与白翠深浅相结合，风韵雅致，令人感叹自然造物之神奇。

尺寸：2.8 cm×1.3 cm×1.1 cm

市场指导价：9000-10000 元人民币

3. 什么样的翡翠是收藏级翡翠

看一件翡翠是否达到收藏级，主要看翡翠的整体形状、种质、颜色和雕工。一件值得收藏的翡翠必须具备3个特点。

种佳

一定是未经过人工处理的天然真货（A货），此外还要保证翡翠材质本身较为难得，或色美、或种佳、或巧色，至少有一点长处，色种俱佳者为翠中珍品。如果有活光则更好，带光的翡翠是近年来以及未来几年中价值上涨最高的品种。

‖ 玻璃种翡翠观音 ‖

晶莹剔透，精雕观音，面容端庄，闭目沉思盘坐于莲花宝座之上。发髻、佛袍上衣褶清晰可见，仿佛在思考如何帮助百姓摆脱苦难。

尺寸：6.5 cm×3.9 cm×0.8 cm

万瑞祥翡翠俱乐部藏品

‖ 玻璃种翠佛 ‖

种水通透，精雕福佛，品相端正，双耳垂肩，双手自然放于体侧。福佛的手臂和腹部带有淡淡的绿色，以站立之姿笑迎八方来客。

尺寸：5.8 cm×3.1 cm×0.9 cm

万瑞祥翡翠俱乐部藏品

以此件万瑞祥翡翠俱乐部的冰种金童玉女牌为例，整块料厚实饱满，种好工精是它的绝妙所在。2006年初以9千余元卖出，时隔几个月就上涨了20%左右；

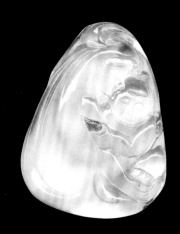

‖ 翡翠母子坠 ‖

通体晶莹剔透，无瑕疵、无绺裂，难得的是孩子的头部的俏有一块翠绿色。雕工精细，一位神态安详的母亲，怀抱健康活泼的孩子，看到他们就会体会到母亲的伟大。此题材是翡翠中少有的，更是值得收藏的佳品。
尺寸：3.7 cm×3.0 cm×0.6 cm
市场指导价：43000—45000元人民币

另一件玻璃种俏雕母子坠，通体晶莹剔透，无瑕疵，无绺裂，难得的是在孩子的头部有一块翠绿色。2005年，此件母子坠以2万余元卖出，到现在已经上涨了将近50%。

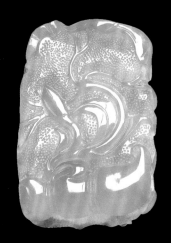

‖ 冰种金童玉女牌 ‖

正面两个童子头上雕一带露珠的荷叶，旁边为一莲蓬，右边的女孩左手抱宝珠右手拿元宝，面带笑容。背面是一大荷叶的反面，有一只待开的荷花，下面与荷花相伴的是一个胖实的莲藕。但更独特之处在于荷叶茎上的凸起、荷叶背面的纹路、小孩的头发及男孩手上的镯子刻画得细致入微。细致温润的翠种中集合了两种颜色，女孩带"春"，男孩带"翠"，寓意"福禄全收，"合合满满"。
市场指导价：30000--40000元人民币

状佳

形状要漂亮饱满，太细、太扁、不对称、偏斜都不好。

‖ 翡翠观音 ‖

质细料润，色泽鲜净。款式设计高贵典
雅，手感舒服。观音双目紧闭，十分祥
和，让人心旷神怡。

尺寸：4.4 cm×2.5 cm×0.5 cm

市场指导价：420000-440000元人民币

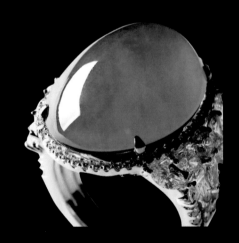

‖ 白 18K 金镶钻翠戒 ‖

翡翠蛋面饱满硕大，翠色纯正，润如朝露，是实为难得的上等戒面，配以
18K 金镶钻，佩戴在手，夺目迷人。

尺寸：2.2 cm×1.6 cm×0.8 cm

市场指导价：1800000-2200000 元人民币

此件万瑞祥翡翠俱乐部的葫芦貔貅造型结合很是巧妙，葫芦部分造型整体、简洁、饱满，工艺精湛，不失为一件用料上佳的珍品。2006年，此葫芦貔貅以十几万元卖出，未来上涨幅度将会非常惊人，现在价值应在百万元以上。另一件玻璃种艳绿翠葫芦，也是一件造型饱满的佳品，2005年10月此件翡翠吊坠以20万成交，到现在，一年的时间就已经上涨了近30%。还有一件玻璃种艳绿翠辣椒，品相饱满，是一件难得的收藏佳作，2005年以18万元卖出，到现在已经上涨了3倍。

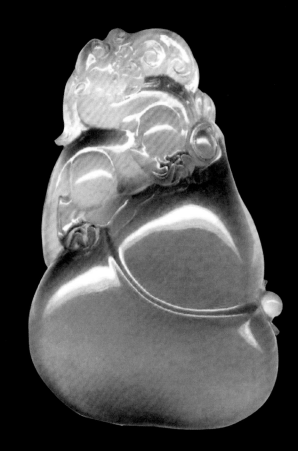

‖ 满绿翡翠葫芦貔貅 ‖

此物造型结合很是巧妙，葫芦部分整体造型简洁、饱满、形象，瑞兽部分雕工技艺高超，兽头朝上仰，生动传神。整件作品疏密结合，繁简有致，诗情画意之中自有一股昂然向上的气势。

市场指导价：800000—1000000 元人民币

艺佳

工艺简素，工越少越好，但工少不等于不精致，美玉还需佳艺，精工能提升翡翠的价值。目前翡翠加工工艺的价值还远没有得到体现，未来工艺师的地位将大幅提升，好的手工工艺在翡翠的价值中所占比例将越来越高。

‖ 翡翠雕春耕摆件 ‖

翠质水足温润，兼有绿、黄、紫、白四种颜色，可谓福禄寿喜俱全。以圆雕手法雕出农夫、耕牛、青山、房屋、大树等，用细腻的手法表现出恬淡的乡土气息，在把玩之后，必会有一种说不出的舒服。

尺寸：20.0 cm×13.0 cm×7.0 cm

市场指导价：290000-310000 元人民币

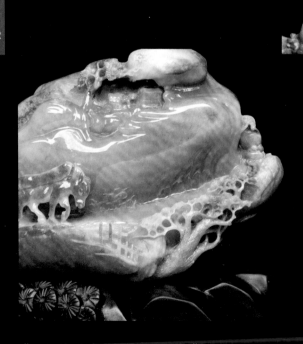

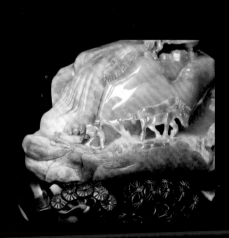

‖ 翡翠雕春耕摆件局部 ‖

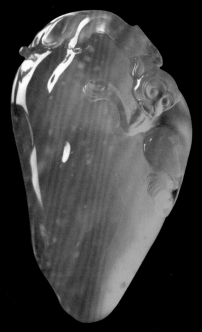

‖ 玻璃种艳绿翡翠猴桃 ‖

翠色艳阳纯正，清脆迷人，玉质水润细腻通透，用料硕大饱满。寿桃是王母娘娘的仙桃，食之能长命百岁，佩戴能长寿，精雕一只灵猴趴在寿桃上，寓意吉祥如意。

尺寸：5.5 cm×3.0 cm×1.4 cm

万瑞祥翡翠俱乐部藏品

‖ 黄翡花生 ‖

整件作品包括8个花生和一个白翠玉盘，黄橙橙的花生，用黄翡雕成花生，大小不一，形态各异，造型逼真。白翠玉盘雕工精美，刻有吉祥图案纹饰，是颇有意趣的翡翠小品。

尺寸：花生3.4×1.3×1.3cm 左右　　盘子7.0×7.0×1.2cm

4. 玩翡翠必须靠专家吗？

翡翠收藏有其特殊之处，收藏者一般都觉得对翡翠很难认识，翡翠收藏市场刚建立，秩序还未确立。玩翡翠，收藏者借助专家不是一个可有可无的问题。

三大问题摆在翡翠收藏者面前，第一是翡翠的真假问题，第二是翡翠的好坏问题，第三是商家的误导问题。

首先，如今在市场上A、B、C、D货同时存在，收藏者仅凭自己的眼力鉴定，或者是希望通过看书，靠自己领悟来解决问题，在实际收藏中往往做不到。有些收藏者自己研究了大量书籍，去市场淘货，有时仍会收到一些假货和垃圾货。

翡翠专家授课

其次，翡翠的好坏问题更为复杂，翡翠鉴赏本身就是一门很复杂的学问，它是建立在实践经验上的一种积累。比如说，对于翡翠"种"的识别上，一般收藏者因为不在行，常常是对颜色敏感，对"种"不敏感，在"种水"判断上往往发生失误，挑颜色更是凭借个人偏好。我们经常遇到这样的例子，收藏者花了很多的钱，买了很差的"绿"，颜色过深发暗，没有什么收藏价值。你问他，他会说因为喜欢所以买。喜欢没问题，问题在于他完全可以用低得多的价钱把东西买下来。这就是鉴赏力不足造成的买家失误。

第三，随着翡翠市场越来越热，大量非业内人员进入市场。在这个行业当中，很多商家本身也不是翡翠的专家，也不太懂翡翠。这些从业者往往缺少基础，也没有太多的经验，往往凭借自己的喜好去判断、经营以及影响收藏者。他们本身的误解会直接传递到市场，影响收藏者的判断。还有一些商家为了销售，常常编造一些故事，比如称自己有工厂在云南或在缅甸，自己有十几个工人等等，使收藏者认为他的翡翠来源直接，价格便宜。实际上，不同的翡翠是找不同的厂加工的，只有那些经营大批量低档翡翠的商家才会养加工厂。

课程培训现场：专家面对面指导学员

如此说来，要想在收藏上走上正途，还需要专家指点。翡翠专家有何特殊之处？

我所接触的一些收藏者，往往在书本与实践的结合上发生问题——有书本但看不懂，看懂了又用不上。这其实并不奇怪，因为翡翠收藏的书籍一定要与收藏实战相结合，而一些翡翠书籍的作者本人缺少对于翡翠贴切、精准的认识，对于市场、翡翠鉴藏实战没有经验，只能是把别人说过的东西，或将行内流传的说法自己拿过来接着说。不少翡翠书上的内容人云亦云、千篇一律，原因就在这里。而一些关键的地方，究竟是怎么回事却讲不清楚。收藏者也因此越看越不得要领。依靠这样的理论以及这样一些与收藏实践有隔阂的专家，收藏者就会绕弯路，或者把自己搞糊涂了。

那么，翡翠的收藏爱好者需要什么样的专家呢？

第一，需要对市场行情、价格有非常密切的把握，能够随时掌握行情的专家。因为如今的翡翠市场随时会发生变化，别说一般写书的专家，就是完全靠市场为生的行家，有几个月离开市场就变成"外行"了。收藏翡翠有着鲜明的实战要求，如果专家不在一线，不是非常了解情况，那么实际上起不到指导作用。

行家要了解成品市场，还要了解原料市场。有些原料可能因为开采很快就没有了，比如说三彩料，这样的变化会带来直接的市场影响。现在缅甸有一些高档的翡翠原料不拿出来卖，等着市场进一步上涨，这说明业界对于翡翠市场的未来看好，如果不在一线，对于这样的信息得不到，就很难判断市场趋势。

第二，需要对市场每年投放的翡翠货品有全盘了解的专家。专家除了要把握市场动态之外，还要知道哪些东西是行家在找的？什么样的东西是难得的？一年当中，最

学员在显微镜下观察翡翠结构

课程培训现场：学员鉴赏翡翠珍品

好的翡翠大概有哪些，中等的有什么样的量？走势又是如何的？销售快慢怎样？有了这样的把握，对于收藏就有了针对性的帮助。

第三，需要了解收藏者的喜好。收藏者的喜好是决定未来趋势的力量。人人都不喜欢，那么表现在市场上就是越来越不值钱，反之，人人都喜欢就会有价格的上涨。什么才是收藏者最想要的，对此专家一定要敏感把握，而这一点是在不断变化的。所以说，真正的专家不是一般知识意义上的专家，而是在市场中可以对收藏者有实际指导意义的专家。

从收藏者的"毛病"看专家

这几年是翡翠收藏的关键时期，由于产量大，大量的翡翠进入市场，好东西层出不穷，如果这几年你花钱买的是垃圾货，那么，你将错过收藏的最佳时机。就像买书画作品，当书画作品价格还不高，还可以从容选择的时候，有人花钱收了很多画，但由于没有精品，不仅仅浪费了金钱，而且浪费了宝贵的收藏机会。

现在的收藏者在收藏中，总是把大力气花在如何砍价上。其实，真正有收藏价值的，就连行家都要竞相竞逐的翡翠，根本不可能买得便宜。收藏者认为便宜买到的翡翠往往是那些卖相不佳的，这样的翡翠升值空间很小，商家也就乐得卖掉。商家由于进货水平不高，利润挣得也不高，收藏家也没有收到真正的好东西。

怎样才能分辨出真正值得买的、值得收藏的翡翠？我常常与我们的俱乐部翠友说一句话，在此也特别奉送给您："多看少买，先学后买"，真正成为这一行中的明白人。万瑞祥翡翠俱乐部在2007年开创了国内首家"收藏家翡翠课程"，为的就是让我们的翡翠爱好者和翡翠收藏家找到一个专业的翡翠学习和交流的平台，我们手把手地教翡翠爱好者从零开始学习和了解翡翠，分辨各类真假货，零距离地接触和欣赏收藏级的翡翠珍品，这个课程也是我们与国内最权威的珠宝培训机构国检培训中心共同合办的。学员们在课后都觉得自己的眼光更高了，知道怎样去欣赏一件好翡翠了。当您真正了解了收藏级翡翠，才更深切地体会到翡翠的魅力和精髓。

"收藏家翡翠课程"的开课时间为每年的4月和10月。

万珺讲翡翠收藏

116

‖ 艳绿翡翠珠链 ‖

此珠链所有翡翠圆珠皆出自一块原料，每一粒圆珠的质地都十分通透，颜色鲜阳均匀。尤为难得的是此珠链每一粒圆珠都没有杂质、绺裂，如此大的珠串能够达到这种完美的程度，十分的珍稀。

珠粒尺寸：13.0 cm—16.0 cm

市场指导价：6800000—7800000 元人民币